世界少年经典文学丛书

丛林历险记

[英]吉卜林　著
吴朝华　编译

中国出版集团　现代出版社

图书在版编目(CIP)数据

丛林历险记／（英）吉卜林（Kipling,R.）著；吴朝华编译. —北京：现代出版社，2013.1　（2025.1重印）
ISBN 978－7－5143－1294－2

Ⅰ. ①丛…　Ⅱ. ①吉…　②吴…　Ⅲ. ①儿童文学－长篇小说－英国－现代－缩写　Ⅳ. ①I561.84

中国版本图书馆 CIP 数据核字（2013）第 021775 号

作　　者	吉卜林
责任编辑	刘春荣
出版发行	现代出版社
通讯地址	北京市安定门外安华里 504 号
邮政编码	100011
电　　话	010－64267325　64245264(传真)
网　　址	www.xdcbs.com
电子邮箱	xiandai@cnpitc.com.cn
印　　刷	三河市嵩川印刷有限公司
开　　本	700mm×1000mm　1/16
印　　张	9
版　　次	2013 年 2 月第 1 版　2025年 1 月第 4 次印刷
书　　号	ISBN 978－7－5143－1294－2
定　　价	39.80 元

序　言

孩子是未来的希望，是父母心中的天使，是充满快乐的精灵。小学阶段更是孩子最快乐的时光，是孩子成长发育的黄金阶段。为了让孩子学习更多的课外知识，享受更加丰富的学习乐趣，我们策划了本丛书！

从小让孩子多读课外书，对培养孩子健康的心态和正确的人生观无疑将起着非常重要的作用。自《语文课程标准》公布以来，不少富有敬业精神、有才干的教师，在他们的教学中，担当起阅读教育的重担。他们在严谨的选材中，利用丰富的文学资源，向学生推荐了大量优秀的课外读物，实施了以“练成阅读和作文的熟练技能”为重要内容的阅读教育。大千世界充满了丰富的知识。阅读能丰富小学生的语文知识，增强阅读能力，提高写作水平，开阔视野，增长智慧。阅读本丛书，能够使孩子享受到阅读的快乐，激发起更浓厚的阅读兴趣，孩子的生活将充满新的活力与幸福！本丛书精选了世界名著和中国经典书目中流传最广、影响最大、最脍炙人口的作品，是培养小学生理解能力、记忆能力、创造能力的最佳课外读物。

最后需要指出的是，本丛书把世界上流传甚广的经典童话、寓言等也尽收其中，并将这些文学作品重新编写审订，使作品在不影响原著的基础上更适合少年儿童阅读，在丰富他们课余生活的同时提高语言和文字表达能力。本丛书通过科学简明的体例、丰富精美的图片等有机结合，使小读者不仅能直观地领略作品的精髓，而且还能获得更为广阔的文化视野和愉快体验。希望本丛书能成为孩子生活的一缕阳光照亮孩子前进的道路，能成为一丝雨露滋润孩子纯净的心灵。

编　者

目　录

一　莫格里的兄弟们…………………………………………………… 1

二　西奥尼狼群狩猎之歌 ……………………………………………… 21

三　蟒蛇卡阿捕猎 ……………………………………………………… 22

四　猴子进行曲 ………………………………………………………… 44

五　老虎！老虎！ ……………………………………………………… 46

六　莫格里之歌 ………………………………………………………… 61

七　白海豹 ……………………………………………………………… 65

八　洛卡农 ……………………………………………………………… 82

九　“里基—蒂基—塔维” …………………………………………… 84

十　达齐的歌 …………………………………………………………… 99

十一　大象们的图梅…………………………………………………… 101

十二　湿婆和蚱蜢……………………………………………………… 118

十三　女王陛下的仆人………………………………………………… 120

十四　营地动物进行曲………………………………………………… 136

一 莫格里的兄弟们

鸢鹰兰恩挥动着宽敞有力的羽翼，拉下夜幕，
蝙蝠曼尼身披如纱似水的斗篷，唤来自由——
牛群都被关进了漆黑的茅屋和狭小的牛棚，
是我们丛林动物狂欢的时候了！
荣耀和权威在这一刻尽情释放，
利爪和锋牙发出阴森的光！
骄傲的舞者们，我们要尽情放纵到天亮！
哦，听！那远处的声响——祝大家狩猎成功，心情舒畅，
在丛林里奔跑别忘记丛林里的规章！

——《丛林夜曲》

这是在西奥尼山上的一个暖融融的傍晚，狼爸爸休息了一整天，晚上七点钟，他从梦中醒来，挠了挠痒，打了个哈欠，将爪子逐个地舒展开，好驱散爪间还残存的丝丝睡意。狼妈妈还躺着，把自己的鼻子耷拉在她翻滚嬉闹的四个小狼崽儿身上嗅来嗅去。皎洁的月光倾泻在他们一家居住的山洞口。夜幕降临了，狼爸爸威严地站起身，目光转向孩子们："又该去打猎了。"这时，一个拖着毛茸茸尾巴的身影忽然出现在洞口，喊道："狼大王，祝你好运啊！也祝福你高贵的孩子们，愿他们能长一口洁白锋利的牙齿，但愿他们永远别忘了这世上还有挨饿的可怜虫。"

原来是塔巴奇，一只专门吃残渣剩饭的豺，全印度的狼都看不起他，不仅因为他总吃垃圾，而且还因为他喜欢挑拨离间、搬弄是非。但是他们

也怕他，因为塔巴奇很容易发疯，一发起疯来，就口吐白沫地横冲直撞，见什么咬什么，天不怕地不怕。即使是老虎，在塔巴奇发疯的时候，也要退避三舍，不敢招惹他。对他们这些野生动物来说，没有什么比得了疯病更丢脸的事了，对那些得了疯病的家伙来说，最好的对付办法就是远远避开。

“那就进来看看吧，”狼爸爸用眼角的余光瞟了他一眼，不太友好地说，“不过这儿可没什么吃的。”

“对于你们这些尊贵的狼来说，是没什么好吃的东西了，但对于我这个穷鬼来说，一块干骨头就算是天上的美味了，我们是什么东西啊？豺狗啊！有什么资格挑肥拣瘦呢？”话还没说完，塔巴奇就迫不及待地跑进山洞里，找到一根吃剩的雄鹿骨，坐在地上高兴地吧嗒吧嗒啃了起来。

“多谢你的赏赐啊，”他舔了舔嘴巴说，“这些高贵的孩子们多么漂亮啊！瞧瞧他们的眼睛，嘿，可真大！还那么有神！大王的狼崽子们就是这么气宇不凡！”

其实，塔巴奇知道，当面称赞孩子们是不妥当的做法，看着狼妈妈和狼爸爸有些尴尬的神情，他为自己的恶作剧暗自高兴。

塔巴奇安静了片刻，回味着刚才的恶作剧，然后，他眼珠一转，又不怀好意地说：“大家伙萨克汗要更换狩猎场了，他告诉我，下个月他就要在这山里头猎食了。”

萨克汗是一只老虎，住在20英里外的维冈加河畔。

“什么？”狼爸爸跳了起来，“他竟然不跟我打声招呼就来我的地盘狩猎！”“根据丛林法则，不事先通知我们，他没有权力私自更换狩猎领地！一旦他来这里，就会惊动方圆10英里内的所有猎物，而我——现在不得不捕更多的猎物来补给家用了。”

比起暴躁的狼爸爸，狼妈妈非常沉静，她细声细语地说：“萨克汗他妈妈叫他‘瘸腿’可不是没有缘由的，他生出来就瘸了一条腿，所以他只能猎食到耕牛。维冈加的村民早被他惹火了，现在他又要来骚扰我们这里的村民。到时候，这里的村民定会来丛林里搜寻他，而他肯定已经逃之夭夭。村民寻不到他定会放火烧草，到时就会连累我们一家跟着逃跑，哼，这一切还真是拜萨克汗所赐啊！”

“要我代你们向他问好吗？”塔巴奇问道。

“滚开！”狼爸爸怒气冲冲地说，“去和你的主子一起捕猎吧，今晚你做的坏事够多了！”

“不用你们赶，我会走的，”塔巴奇不慌不忙地说，“你们听，萨克汗就在下面的灌木丛里走动呢。我本来是一片好心，反倒被当成了驴肝肺，你们自己小心吧，可别说我没提醒过你们。”

狼爸爸将耳朵竖起来仔细听，在下面的河谷里，有一只暴躁的老虎，带着粗重的喘息声，不安分地走动搅得河水哗哗响。他似乎什么也没逮着，气得直哼哼。

“愚蠢的家伙！”狼爸爸说，“哪有捕猎的时候发出这么大声响的？他以为这儿的公鹿像他们维冈加的那些小耕牛一样容易被捕到吗？”

“嘘！小声点，”狼妈妈轻声说，“今晚他捕的可不是母牛，也不是公鹿，而是人。”

哼哼声变成了低沉的呜呜声，在整个丛林中回响。这种声音足以使丛林里的人迷失方向，在惊慌失措中把自己送入虎口。

“人！”狼爸爸火冒三丈地说，“呸！池塘里的虫子和青蛙还不够他吃吗？他非要吃人？而且是在我们的地盘上，他这样也太放肆无理了！”

丛林法则里明确规定禁止捕杀人，除非是他在教育孩子如何捕杀猎物。即使如此，他也必须到自己的兽群或部落的猎场以外的地方行事。制定这条规定的真正原因是猎杀人类迟早会招来杀身大祸，那些骑着大象、带着枪支的白人，还有成百上千的手持铜锣、火箭和火把的棕色皮肤的人类迟早会来为自己的同类报仇。那时丛林里的所有动物都会遭殃。而动物们自己对于这个制度的理解是：对人类下手是最卑微的，因为人类是所有生物中最软弱、最没有防御能力的——人类身上没有毛皮，也没有利爪和尖牙。他们中间还有传言，说吃人的野兽的皮毛和牙齿都会掉光。

吼声越来越响，呜呜的叫声最后变成了老虎扑食时发出的让人肝胆俱裂的咆哮："啊呜！"然而，随后却跟着一声虎威尽失的低啸。

"他没扑到，"狼妈妈说，"怎么回事？"

狼爸爸想出去看个究竟，跑出去没几步，他就听到萨克汗一边在矮树丛里打着滚，一边嘴里恶狠狠地哼唧着。

"这个蠢货居然跳到樵夫的篝火上，把自己的脚烫伤了，活该！"狼爸爸哈哈笑着，"塔巴奇和他在一块儿呢。"

"是什么东西过来了，留神？"狼妈妈的耳朵顿时竖了起来，敏锐地觉察到了周围有些风吹草动。

这时，灌木丛中发出沙沙的声响，狼爸爸俯下身子，做出防御的姿势，随后他纵身扑向那个不速之客。狼爸爸腾空而起的身子在半空中僵住了，原来他还没看清那是什么东西就跃了出去，当他看到那个不速之客的样子时，他立刻停止了攻击的动作，飞快地收住了脚。结果是他向空中跳到五英寸高，又原封不动地落回到跳起的地方。

"人类！"他急促地说着，"是个小孩子！看！那！是人！"

在众人的目光下，一个刚学会走路，全身赤裸的棕色皮肤的小娃娃，手里捏着一根短树枝，站在了狼爸爸的面前。还从来没有这样一个柔软的、脸上带着小酒窝的小生命在黑夜里来过狼的洞穴。他抬头看着狼爸爸，笑着。

"难道这就是人类的小崽子吗？我还从来没有见到过呢！把他叼到我这来，让我瞧瞧。"狼妈妈充满惊奇地说。

狼把自己的小崽子叼来叼去已经成为习惯，只要需要，就是衔着鸡蛋也不会弄碎。狼爸爸用嘴巴紧紧地衔着小娃娃的背，当他把小娃娃放在狼崽中间时，一点也没有伤到小娃娃。

小娃娃一点也不害怕他们，拼命地挤到狼崽子中间，希望得到些温暖。狼妈妈用温柔的目光轻轻打量着他："他可真小啊！这么光溜溜的！而且他的胆子还真大！啊哈，他和他们一起吃奶。原来这就是娃娃人呀。谁听说过一头狼的狼崽中会有娃娃人呢？"

“我曾经听过这种事，但在我们自己的狼群里，我这辈子还是第一次听说！”狼爸爸说，“他浑身上下没有一根毛，多柔弱啊，我只要轻轻一脚就能把他踩死。看啊，他抬头望着我们，一点害怕的神情都没有。”

正说着，洞内的光线忽然被挡住了，原来萨克汗想把自己的大方脑袋和宽肩膀挤进洞口。塔巴奇跟在身后，尖叫着：“哦，我的天哪，我的上帝啊，他居然跑到这儿来了。”

“萨克汗大驾光临啊！真是荣幸！”狼爸爸说，话语间透着一股怒气，“不知道有何贵干啊？”

“我的猎物，一个人类的幼崽跑到你们这儿来了，”萨克汗无法将硕大的身躯挤进洞里，站在洞外悻悻地说，“幼崽的父母跑掉了，快把他给我！”

显然，萨克汗怒气未消，因为刚才跳到樵夫的篝火上，烧伤的爪子还痛着。但狼爸爸知道洞口很窄，老虎进不来，因此是拿自己没有办法的。

“没有比狼更自由的动物”，狼爸爸骄傲地抬了抬头，“他们听从狼首领的命令，而不会听身上带着条纹、专吃耕牛的家伙的命令。人类的幼崽现在是我们的，杀或不杀，得由我们来决定。”

“由你们决定？这是什么话，真是太可笑了！我以我杀的耕牛发誓，难道非要我亲自拿回属于我的东西吗？这可是我——萨克汗在跟你们说话啊！”

萨克汗大吼一声以显示他的威严，吼声如响雷般在洞里回荡，似乎想显示一下自己不容置疑的威风。狼妈妈撇开身边的幼崽，猛地跳上前去，她死死地盯着萨克汗的双眼，在漆黑的山洞里，狼妈妈的眼眸犹如两个绿莹莹的月亮，发出寒冷、凄厉的光。

“魔鬼，这是我在回答你。人类的幼崽是我的，瘸子——他也是我的！谁也不能杀了他。他将和狼群一起奔跑，一起狩猎。你看看自己，一个猎杀赤裸裸的幼崽的家伙，一个吃青蛙，杀鱼的家伙，总有一天，他会来捕猎你！现在，你给我滚，否则我以我杀的大公鹿发誓（我可从来不吃挨饿的耕牛），我会让你比你出生时瘸得更加厉害，滚回你妈那里，你这丛林里被火烧的野兽，滚！"

狼爸爸被眼前发生的一切弄惊了，平日温柔的狼妈妈瞬间变了模样。他或许已经忘记那段岁月了，那段他曾经斗败了五头狼，才赢得了狼妈妈的岁月。狼妈妈被称为狼群里的"魔鬼"，这在狼群里是很高的荣誉。萨克汗也许斗得过狼爸爸，却不一定斗得过狼妈妈。因为他清楚，在这儿狼妈妈占据绝对优势，而且她将战斗到生命的最后一刻。所以他吼着退出洞口："咱们等着瞧吧，只会在自家院子里汪汪叫的狗算不得英雄，我倒要看看狼群让不让你们收养人类幼崽！幼崽是我的，终有一天会落到我嘴里，你们这帮贼！"

狼妈妈胸口起伏着，带着粗重的喘息声在狼崽中间躺了下来，狼爸爸严肃地对她说："这话萨克汗说得倒也没错，咱们得把娃娃人带给狼群看看，你还要收留他吗，亲爱的？"

"那是当然！"狼妈妈坚定地说，"他晚上孤零零的，光着身子，饿着肚子来到这里，居然一点也不害怕！看，他已经把我的一个狼崽挤到一边去了。再说，瘸腿的屠夫会杀了他，然后逃回维冈加。接着人类就会来搜索我们的巢穴，为他复仇。收留他的问题，不用问了，我当然要收留他"。看到莫格里，狼妈妈的眼光瞬间化作了一潭温柔的湖水，她用鼻子轻轻拱了拱他，"继续躺着啊，我可爱的小青蛙。哦，我就叫你小青蛙莫格里吧。现在萨克汗捕猎你，终有一天，你会去捕猎他。"

狼爸爸叹了口气："但我们该怎么对狼群交代呢？"眉宇间充满了焦虑。

丛林法则明文规定，任何一头已婚的狼，都有权退出他所属的狼群。但只要他们还在狼群中就必须遵守狼群的规矩。当他们的幼崽能站立了，他必须把他们带到狼群大会，让其他狼认识。狼群大会通常在每月满月的那天举行。经过检阅之后，幼崽们便可以爱跑哪跑哪儿去了。此后，直到这些狼崽们能够猎杀第一头雄鹿，狼群中任何一头成年狼都不可以杀害他们。否则，一旦抓住凶手，就要把他处死。如果略加思索，你就会认为必须这么做。

等到幼崽们长到足够大已经能稍稍跑一点路的时候，狼爸爸才在举行狼群大会的晚上带着他们和莫格里、狼妈妈来到了会议岩上——那是一个有众多巨石的小山头，可容下 100 头狼。独身的大灰狼——阿克拉，凭借着他的智谋和胆识统率着狼群。此时他正全身舒展地躺在岩石上，下面坐着 40 多头大小不等、毛色各异的狼。有可以单独捕杀雄鹿、长着獾色皮毛的老狼，也有自信可以独自捕杀雄鹿的三岁年轻小狼。独身狼已经领导着狼群很长时间了。独身狼年轻时可谓身经百战，他曾两次掉进陷阱里又成功地逃了出来，还有一次他差点被人揍死，最后装死才躲过一劫。他非常清楚人类的习性，也因此得到大家的敬畏。在会议岩上，大家都很严肃，而幼崽们则坐在父母围坐起来的圈圈里，无所顾忌地翻滚嬉戏。时不时地会有老狼轻轻地走到幼崽的面前，打量一番，然后回到自己的座位。有时，有些狼妈妈会把自己的幼崽高高抛起，好让大家看个清楚。

阿克拉在他的岩石上威严地清了清嗓子："你们都知道规则吧？仔细瞧瞧吧！"

那些焦急的妈妈们赶紧说："是啊，大家仔细瞧瞧吧！"

最后的时刻来临了，狼妈妈脖子上的鬃毛因为紧张都一根一根地竖了起来，狼爸爸把"小青蛙莫格里"推到圈中间。他坐在那笑着，玩着月光下发亮的鹅卵石。

阿克拉头也不抬地继续说："瞧个仔细吧！"

正在这个时候，从岩石后面传过来一阵低沉的咆哮声，原来是老虎萨克汗在叫嚷："那个小东西是我的，快点把他给我。自由的狼群拿人类的幼崽干什么？"阿克拉对萨克汗的叫嚷毫不理睬，继续说着："好好看看吧，各位。自由的狼群只会听狼群首领的命令，不会理会外人的号召。仔细瞧瞧吧。"

低沉的号叫声过后，是短暂的静默，然后一头四岁的年轻狼问了同样的问题："我们是自由的狼群，要一个人类的幼崽干什么?"丛林法则规定，如果狼群中要接纳一个幼崽，他必须得到除他父母以外至少两个狼群成员的支持。

"现在，有谁站出来为这个娃娃说话?"阿克拉又重复了下说，"自由的狼群中有谁要替他说话?"没有人出声。狼妈妈已经为战斗做好了准备，她知道，如果事态发展到非打不可的话，这将是她的最后一战，她会为了莫格里抗争到底。

这时，巴洛晃动着肥胖的身躯站了起来。他是唯一被允许参加狼群大会的异类动物，一头嗜睡的棕熊，是狼群中专门教导幼崽们丛林法则的老师。老巴洛来去自由，因为他只吃坚果、树根和蜂蜜。此时，他咕哝着嘴巴想要说话。

"人类的幼崽? 人类的幼崽?"他摆动着自己的大脑袋说，"我来替人类的幼崽说几句话吧。人类的幼崽不会伤害谁。我不太会讲话，但说的是事实。让他和其他狼一起加入狼群，让他们一起在丛林中奔跑吧！我会亲自教他丛林法则的。"

"还差一个支持者!"阿克拉平静地端详着狼群说，"巴洛算一个，他是狼崽们的老师。除了巴洛，还有谁出来替他说话?"

一个矫健的黑影跳到了圈子中央，是黑豹巴格西拉。大家都认识巴格西拉，可是没人敢招惹他，因为他像塔巴奇一样狡猾，像野水牛一样凶猛，像受伤的大象一样蛮横，但他的嗓音却像树上的野蜂蜜一般甜蜜，皮毛像天鹅绒一样柔软。

"哦，阿克拉，还有自由的狼群，"一个极其甜美的声音在狼群中飘扬，"我无权参加你们的会议，但知道丛林法则有过这样的规定：对于不至于要杀死的幼崽的归属有疑问，可用价钱来赎回他的生命。我说的对吗?"

"有道理！巴格西拉说的太有道理了!"那些总是吃不饱肚子的年轻狼儿们说，"听巴格西拉说吧。这个幼崽可以出价买的，这是法则规定的。"

“我也许没有资格在这里发言，但请求你们能够考虑一下我的建议。”

“说吧。”几十个声音喊着。

“杀掉一个柔弱无害的幼崽有什么好处呢。而且，等他长大了，可以为你们捕猎。巴洛已经为他说过话了。现在除了巴洛，我和我的牛愿意帮这个小家伙一把——一头刚刚捕杀的肥公牛，放在离这里只有半英里远的地方，现在还冒着香气呢。如果你们能接受这个人类幼崽，肥公牛就是你们的了，这样总算合情合理吧？”

一听到有美味的肥牛肉可以吃，几十个声音赶紧附和道：“这有什么不合理的啊？他可能冻死在冬雨里，也可能晒死在太阳下。一个光着身子的小青蛙，对于我们能有什么伤害啊？就让他和狼群一块儿奔跑吧。公牛在什么地方呢，巴格西拉？我们接受他了。”

接着又传来阿克拉低沉的喊声：“仔细看看吧！大家仔细看看吧！”

莫格里坐在地上，全身心地玩着鹅卵石，完全没在意周围发生的事情。狼们正一个接一个地走过来打量他，然后他们下山去寻找那头交换的公牛，只剩下阿克拉、巴格西拉、巴洛和莫格里家里的狼崽子们。夜色里，萨克汗咆哮得更加厉害了，他最终没有得到莫格里，这让他十分恼怒。

“尽情吼叫吧！”巴格西拉抖动着他的胡须说道，“总有一天，这个光溜溜的小家伙会让你用另外一种腔调吼叫的，否则就算我看错了人类！”

“这事办得不错，”阿克拉说，“到时候，他肯定能帮上我们的忙。因为人类和他们的幼崽都拥有高深的智慧。”

“说的太对了，以后他准能成为我们的好帮手。因为谁也不可能永远当狼群的首领。”巴格西拉说。

阿克拉没有出声。他心里非常明白，作为狼群的首领，他终有一天会年老体衰，被更雄壮的狼杀死，然后被新的首领取代，这是任何狼群的首领都不能逃脱的命运。

“带他回家，好好地训练他吧。”他对狼爸爸说。

就这样，巴洛的支持和一头公牛换来了莫格里进入西奥尼狼群的资格。

在接下来的漫长的日子里，他跟狼崽子们一起长大。当他变成一个少年以前，狼崽子们已经长成成年的狼了。狼爸爸把他狩猎的本领和丛林里一切事物的含义都教给了他。小草的沙沙声、温暖夜空的呼吸声、猫头鹰飞过的叫唤声、树上蝙蝠的搔抓声、池塘里鱼跃起的溅水声……这些对于他来说都已经再熟悉不过了。不学习时，他就在温暖的阳光下打盹儿，醒了就吃，吃完了又接着睡。当他身上脏了或热了，他就会到水塘里游泳；当他想吃蜂蜜的时候，他就会爬上树去自己找来吃，巴洛告诉他蜂蜜、坚果和生肉一样美味。最初的莫格里就像树獭一样紧紧地抱着树，后来就能像人猿那样自如地在树枝间跳跃。狼群大会时，他渐渐发现，只要他死命盯着任何一头狼，那头狼就会被盯得不由自主地低下头，这让他觉得很好玩，并屡试不爽。有时，他会帮狼们把他们脚上身上扎的刺拔掉，使他们免受痛苦的煎熬。太阳下山时，他会下山，到农田里，好奇地观望着农屋里的村民都在做些什么。但他不相信人类，因为他曾经差一点掉入一个隐藏在树丛里的小方闸里面，方闸上安装着会落下来的闸门，他从巴格西拉那获知这是人类设置的陷阱。他最喜欢和巴格西拉走进幽深的森林里，在有阳光照射的岩石上睡上一整天，夜幕降临后，看巴格西拉如何捕猎。饿了的时候，他们看到猎物就会杀，但他们从不猎杀公牛。当莫格里长大懂事了，巴格西拉才告诉他原因——因为当初他是以一头公牛做交换，才被狼群接受的。

莫格里像任何正常的男孩子一样长得越来越结实。他和狼崽们一起长大，每天开心地捕猎，吃东西，很少用脑子想事情，他也不知道自己正在潜移默化地接受来自老师们和生活的教育。

老虎萨克汗是个危险的家伙，将来，他必须杀了萨克汗，狼妈妈几次这么对他讲。这个十分重要的忠告是他每时每刻必须记住的，但莫格里却经常把这个忠告抛诸脑后，因为他毕竟只是一个年幼的小崽子，即使会说人类的语言，也只是把自己当做一只狼。

莫格里在丛林里狩猎的时候经常遇到游荡的萨克汗。日渐衰老的阿克拉，捕猎能力也不如从前了，他在狼群中的地位开始动摇了。一些年轻的狼和老虎萨克汗交上了朋友，还跟在他们身后吃他们丢弃的残羹冷炙。在阿克拉领导狼群的鼎盛时期，这样的事情是不会发生的。现在，形势完全不一样了。萨克汗总是吹捧那些年轻的狼，并在他们面前挑拨说："我就纳闷了，这么年轻力壮的你们怎么甘于听从一头垂死的老狼和一个人类崽子的领导呢？我听说，在狼群大会的时候，你们都不敢和那小崽子正眼相对。"年轻狼们听了这话心里愤愤不已。

巴格西拉消息灵通，因此很快听说了这些事。他明明白白地提醒过莫格里几次，说将来萨克汗会要你的命，但莫格里总是笑着说："我有整个狼群和你呢，还有巴洛，虽说他很懒惰，但你们都会帮我的。"

一天，天气暖洋洋的，像往常一样，莫格里舒服地靠在巴格西拉黝黑柔顺的豹皮上，晒着太阳。巴格西拉又对莫格里说："小兄弟，萨克汗永远是你的敌人，我已经告诉过你很多次了吧？"

"你说的次数就像棕榈树上的坚果那么多。今天真是个睡觉的好天气啊，巴格西拉。"莫格里打着哈欠说。

"小兄弟，你真的睡得着吗？我和巴洛，还有狼群，甚至连最愚蠢的鹿都知道这件事，塔巴奇也告诉过你吧。"

"呵呵，不久前，塔巴奇来找过我，说了些粗鲁难听的话，说我是光着身子的人类崽子，不配挖落地花生吃，不过我一把提起他的尾巴，朝棕榈树上甩了两下，让他规矩点。"

"你这样可是办了一件蠢事啊，莫格里。塔巴奇虽说也很坏，但在一些时候他还是有用的——从他那里可以得到一些对自己有用的消息。清醒点吧，莫格里！萨克汗现在还不敢杀你，但你要记住，阿克拉老了，等到有一天他杀不了一头雄鹿的时候，他就再也不是首领了。当年在狼群大会上接纳你的狼们也都老了，而年轻的狼们，基本都被萨克汗控制了，萨克汗不会让你在狼群中有立足之地的，他会想尽办法把你赶出狼群。真希望你快点长大成人啊。"

“长大以后我必须要离开狼群吗？”莫格里伤心地说，“我是在丛林里出生的，一直严格遵守着丛林法则，部落里的每一头狼，我都帮他们拔过脚上的刺。他们怎么会不当我是兄弟？”

巴格西拉把身体舒展开来，仰起头，半闭上眼睛，说：“小兄弟，摸摸我的下巴底下。”

莫格里伸出自己粗壮的棕色手，摸到在柔软的毛皮中间有一块光秃秃的地方。

“这是我的秘密，我还没告诉过这个丛林里的任何人，我身上有这么个记号——带过颈圈的记号。小兄弟，我在人类中出生，我妈妈是在人类中死去的——死在奥德波宫的笼子里。就是因为这个，我才在当年的狼群大会上，以一头公牛的代价把你买了下来，你当时还只是个弱小的赤裸裸的娃娃。我小时候从没见过丛林，人类把我关在笼子里，用铁盘给我喂食。直到有一天，我觉得自己是巴格西拉，是一头属于丛林的黑豹子，而不是人类的玩物，于是我就用爪子和牙齿撕烂了那把没用的锁，离开了那儿。正因为我了解人类的习性，在丛林里，他们才觉得我比萨克汗更凶猛可怕，你说呢？”

“是的，”莫格里说，“丛林里的所有的动物都怕巴格西拉——除了莫格里。”

“哦，你是人类的幼崽，”黑豹温柔地说，“就像我最终回到了丛林里，你最终肯定要回到人类中，那些人才是你的兄弟，如果你在狼群大会上没被他们杀死的话。”

“但是”，莫格里困惑极了，“为什么？为什么他们一定要我死呢？”

“看着我的眼睛。”巴格西拉说。于是他们对视着，不到半分钟，大黑豹默默地把头转开了。

“你瞧，这就是原因啊。丛林里没有一只动物敢正视你的眼睛，即使是我也不敢一直盯着你的双眼。小兄弟，我可是在人类中出生的，而且我是爱你的。其他动物恨你，因为他们的眼睛不敢与你对视，因为你聪明，因为你替他们拔脚上的刺，因为你是一个人。”

“真没想到会是这样。”莫格里皱起浓黑的眉毛，愤怒地说。

“现在阿克拉的威风已经不比当年了。他要逮到一头雄鹿已经越来越困难了，如果哪一次他没有逮到猎物，那他可就要倒霉了——整个狼群就要起来反对他和你了。他们要在岩石上举行丛林大会，然后——然后——我有个好办法了！”巴格西拉高兴地跳了起来，“快下山到人类居住的小屋里，拿些他们种在那里的红花。那时，你就有比我或巴洛，或那些爱你的老狼们更加强大的朋友了。”

巴格西拉所说的红花其实是我们口中的“火”。只不过丛林里没有一只动物能准确说出这个名字。每只野兽都对火怕得要死，他们发明了上百种它的称谓，编造了上千个有关它的恐怖故事。

“红花？”莫格里说，“就是傍晚开在屋外的那些吗？我这就去拿。”

“这才是娃娃人该说的话！”巴格西拉骄傲地说，“记住。它长在小盆里。快去拿一盘回来，留着它以备日后所需。”

“好的！”莫格里说，“我去，但你能肯定这管用吗？你能肯定都是萨克汗在搞鬼？”

“是的，我敢肯定，小兄弟，以使我获得自由的破锁发誓。”

莫格里握紧了拳头，恨恨地说，“好的，我以买我的那头公牛发誓，我一定会让萨克汗付出全部代价，或许更多。”莫格里边说边跳着跑开了。

“这才是人类的崽子啊，他已经长大了。”巴格西拉自言自语地说着，然后重新躺了下来，“噢，萨克汗，你这辈子的错，就再没有比你10年前那次抓‘青蛙’更大的了。”

莫格里穿过森林，越跑越快，他的心情无比激动。傍晚，他喘着粗气，跑进了山洞，蹲在洞里眺望着山下蜿蜒的山谷。只有狼妈妈在家，她从他的呼吸中知道肯定有事情困扰着她的“小青蛙”。

“发生什么事情了，儿子？”她慢慢走过来，蹲坐在他身边。

“是萨克汗这个瘸子，喋喋不休地说了些蠢话。我也要他好看，”他回答说，“我今晚去耕地打猎。”

说着，他就冲下山去，一口气跑到谷底的小溪边。沿着溪流他继续快速奔跑，突然，他听到了一些声音，于是立刻站住仔细听。原来是狼群打猎的呼声，还有被捕猎物大公鹿的尖叫声。接着是年轻狼们不怀好意的叫嚷声："阿克拉！阿克拉！让独身狼展示他的威力吧！给我们的首领让路！跳啊，阿克拉！"

莫格里立刻明白不远处发生了什么事：独身狼阿克拉在一群年轻狼的鼓动下只身猎捕一只雄鹿。但是阿克拉肯定是纵身一跃但没逮住猎物，因为莫格里听到他的牙齿咔嚓折断的声音，然后大公鹿用前蹄踢到他时他发出一声痛苦万分的号叫。

他不忍心再听下去了，继续飞快地跑着，心想只要拿到红花所有的问题就都能解决了。不一会儿他跑进了村民们的庄稼地，身后捕猎的呼喊声越来越弱，渐渐在他耳边消散了。

"看来巴格西拉说的都是真的。"他喘着粗气，在小屋窗户下堆着的牛饲料上稍微休息了一下，"明天对于阿克拉和我是个大日子啊。"

然后他站起身向屋里看，透过窗子他看到了炉子里的火。夜里，他看到农夫的妻子起来往里面加了一些黑色块状的东西。等到清晨的时候，他又看到农夫的孩子拿起一个柳条编的、抹了灰泥的罐子，往里面添了些火红的木炭，然后把罐子放到他的毯子底下，接着走到牛棚里喂牛去了。

"看样子很容易做到"，莫格里自言自语说，"如果一个人类崽子都能做，那就没什么好害怕的。"于是，他站起身大步绕过屋角，走到男孩面前，从他手里夺过火盆，然后迅速消失在晨雾中，留下在身后吓得号啕大哭的男孩。

"他们也有我一样的头和四肢，也没有尾巴。"莫格里一边想着，一边对着火盆吹气，他看到农夫的妻子刚才就是这样做的。"如果我不给这东西喂点吃的，它会死的。"于是他就朝这红红的小盆里扔了些小树枝和干树皮，那朵红花立马变得更加鲜艳夺目了。半路上，他碰到了巴格西拉，在清晨薄雾的笼罩下，巴格西拉的皮毛油光发亮。

“阿克拉没有逮到他的猎物，”黑豹说，“他们昨晚就想杀了他，但想找到你，连你一起杀，所以暂时还没有下手。他们现在正在找你呢。”

“我已经准备好了，看!”莫格里举起了火盆。

“干得漂亮！放些干树枝进去，然后干树枝的一头就会盛开红色的花了，我曾经看到人类这么做过。你难道不害怕吗?”

“不害怕。我为什么要害怕？我现在依稀记得，在来到狼群以前，我曾经躺在红花旁边，那真是又温暖又舒适啊。”

那一整天，莫格里就在山洞里专心致志地照料着他的火盆，他蹲在盆子旁边快乐地盯着它，不断地把干树枝扔到火盆里，看它们烧着的样子。傍晚，塔巴奇来找他，通知他去开狼群大会时，他仰天大笑，吓得塔巴奇落荒而逃。

萨克汗和年轻狼们在小山头上得意地来回踱着步。阿克拉没有躺在岩石上，而是卧在岩石旁边，表明狼群首领的位置空缺。巴格西拉紧挨着莫格里躺着，火盆夹在莫格里的膝盖中间。等狼群都齐了，萨克汗开始说话了，要是在阿克拉的全盛时期，他绝没胆量这样做。

“他没这个权力，”巴格西拉小声说，“你就这么说。他是个狗崽子，会被吓倒的。”

莫格里跳了起来。“自由的狼群，”他喊道，“萨克汗难道是我们的首领吗？他有什么资格在狼群面前说话呢？我们选首领跟一只老虎有什么关系呢?”

“因为阿克拉已经不再是狼群的首领了，而且我是应邀来发言的。”萨克汗大摇大摆地说。

“谁邀请你的?”莫格里很生气，“我们用得着讨好你这个杀耕牛的屠夫吗？选狼群领导只有狼群自己的成员才有发言权。”

但是莫格里并没有等到支持的声音，相反，在年轻的狼群里响起了一片叫嚷声：“闭嘴，你这人类的崽子。”

“你们这些贪得无厌的家伙。让他说，他一向遵守着我们的法则。”最后是老狼们的怒喝声，“让‘死狼’说话吧。”当狼群的首领捕捉不到他的猎物时，他就会被称为“死狼”，即使他还活着。

苍老的阿克拉一点点抬起他的头，说道：“自由的狼群，还有你们，萨克汗的狗腿子们，在过去的12个季节里，我带领着你们四处打猎，在这期间，没有任何一头狼掉入陷阱或是受重伤，没有一头狼因为饥饿而遭受丛林中其他动物的凌辱。如今，我没捕到我的猎物，你们心中应该最明白这是谁设下的圈套。你们故意把我引到最年轻力壮的公鹿面前，好让大家看到我的衰弱，这么做的确很聪明。你们有权力在会议岩上把我杀死。但我也有权力捍卫我的尊严，所以我有权知道，你们谁来与我单挑？”

接着是许久的沉默，那些年轻的狼们低着头不敢吭气，尽管阿克拉老了，但是要想在单打独斗中胜过他还是要花费很大力气的，他们谁也不愿意接受挑战，跟他拼个你死我活。于是萨克汗不满地说：“呸！跟这个没牙的笨蛋还有什么好说的？他注定是死！倒是让这个人崽子活了这么久，真是便宜他了！”萨克汗恶狠狠地看着莫格里，咬牙切齿地说，“自由的狼群啊，他起初就应该是我的口中肉。请把他交给我，我对这个愚蠢的既是人又是狼的家伙已经厌烦透顶，没有耐心了。他给丛林里惹了近12个季节的麻烦。这个人崽子由我处置吧，否则我将一直在这里狩猎，把所有的猎物都夺走，你们休想得到一块骨头。他是人，人类的孩子，我对他早已恨之入骨。”

接着超过半数的狼们喊着：“人！人！人留在我们这干什么？让这个人回到他自己的同类那儿去。”

“让他跑到人类居住的地方？你们想得罪整个村子的人吗？”萨克汗嚷道，“不，把他给我吧，他是个人，我们中间有谁敢正视他的双眼吗？没有！因为他确实是人类啊。”

虚弱的阿克拉再一次抬起他的头说：“他和我们一块儿吃饭，一块儿睡，还和我们一块儿捕猎，他从来没有违反过丛林法则，没有伤害过我们中的任何一个人。”

“还有，他可是我花了一头牛的价钱换来的，你们也答应接受他的。

过去的一头牛是不值什么，但是我巴格西拉也许会为了他的荣耀而和你们大战一场。”巴格西拉用他最温柔的声音说。

“10 年前的一头牛！”狼群中的无赖大叫大嚷起来，“我们怎么会把 10 年前的牛骨头放在眼里?”

“那么誓言呢?”巴格西拉愤怒了，露出了白牙，“这就是所谓的自由的狼群吗?”

“我们不能看着一个人崽子和丛林动物混在一起而不管不问了，”萨克汗叫嚣着，“把他给我！”

“虽然他不是一只真正的狼，与我们的血统不一样，但无论在哪方面，他都称得上是我们的兄弟，”年迈的阿克拉继续说，“而你们却扬言要在这儿杀了他！说实话，我已经活得足够久了，我亲眼看着你们中有些成了吃耕牛的狼，还有些，在萨克汗的教唆下，成了叼走村民小孩的狼。所以我知道你们成了不知羞耻的懦夫。我这是在和懦夫们说话。当然，我反正是要死的，我的一条命值不了什么，否则我会用它来换人娃娃的命。如果你们可以让这个人娃娃回到真正属于他该去的地方，那么当我的死期到来的时候，我保证打不还手。这样也免得你们蒙上杀死一个无辜兄弟的耻辱。他是依据丛林法则，有动物替他说话，有人替他花钱赎身买到我们狼群里来的。”

阿克拉的规劝并没有改变那些年轻狼的心意，他们只想着眼前的利益，想着讨好萨克汗可能得到的好处。“他是个人——一个人——人哪！”狼群大声地嚷嚷着。大多数的狼们开始聚集在萨克汗身边，萨克汗的尾巴都开始得意地摇起来了。

“既然如此，现在就全看你的了！”巴格西拉对莫格里说，“除了打一场，没别的办法了。”

莫格里笔直地站了起来，手里端着火盆。然后他伸开双臂，对着大会打了个哈欠，但是他的心里充满了愤怒和悲伤，因为这些狼真狡猾，从来没有告诉过他，他们这么仇恨他。“听着！”他叫嚷道，“你们不用再唧唧喳喳地说个没完没了。你们今天晚上已经告诉我太多次我是人了

（实际上，本来我这辈子都将和你们一起做一头狼），现在我觉得你们说的是真的。所以我不再称你们是我的兄弟了，而是像人那样，叫你们狗。你们要做什么，不做什么，不是你们说了就算，这事由我做主。我们把事情说得更明白些吧，我，一个人，带来了一些你们这群狗害怕的东西，红花！"

话音未落，火盆就被扔在了地上，火红的木炭迸射出来，点燃了一簇干苔藓，火苗顺势蔓延开来，不一会儿就烧起了一个小火堆。跳动的火焰吓得大会上所有的野兽都恐惧地向后退。

莫格里抄起身边最大的一根枯树枝，放在火上点燃了，发出噼噼啪啪的响声，周围的狼群吓得退后几步，缩成一团。

"现在你说了算，莫格里，"巴格西拉低声说，"救救独身狼阿克拉的命，他可从来都是你的朋友。"

阿克拉，用他最惹人哀怜的目光，可怜巴巴地看着莫格里。他是一头坚强的老狼，一生中从没乞求过别人的怜悯。男孩莫格里一丝不挂地站着，手里拿着熊熊燃烧的树枝，黑色的瞳孔在火光的照映下熠熠生辉，长长的黑发在肩头飘动，火光将他的身后的影子拖得很长很长。

"好吧！"莫格里慢慢环视周围说道，"看得出来，你们的确是狗。我要离开你们回到我自己的人那儿去——如果他们是我的自己人的话。丛林已经不是我的容身之地了，我必须忘记你们和在这里的一切。我保证，当我回到人类中间时，我绝不会像你们出卖我那样出卖你们。"他用脚踢了下火堆，火星四处飞溅开来。"我们和狼群不会发生战争。但是在我走之前，还有一笔账没算。"他大踏步走向正傻头傻脑地对着火焰眨眼睛的萨克汗，这只不久前还很嚣张的老虎简直变成了一只懦弱的老鼠。莫格里狠狠地一把抓住他下巴上的胡须。巴格西拉紧随其后，以防有不测发生。"起来，"莫格里叫道，"起来，你这个瘸子，这是人类发出的命令，否则我把你的虎皮烧了！"

萨克汗的耳朵耷拉在脑袋上，紧闭着眼睛，一动也不敢动，因为燃烧的树枝离他太近了。

“这个专杀耕牛的懦夫说要在狼群大会上杀了我，因为他在我小的时候没能杀了我。那么，一下，再来一下，我们人就是这样打狗的。瘸子，你敢动一下胡须，我就把红花塞到你喉咙里去。”他用树枝使劲地敲打着萨克汗的脑袋，老虎被恐惧折磨得呜呜直叫。

“哼！你这个被烧焦的丛林野猫，现在滚吧！给我记清楚了，我向你保证下次等我作为一个人到会议岩来的时候，我可要拿你的皮当帽子戴了。至于阿克拉，他可以自由地生活。你们不许杀死他，因为我不允许。我也不想看你们继续坐在这里，滚吧！”莫格里拿着燃烧的树枝绕着圈到处挥动着，火星溅到狼的皮毛上，他们惊叫着跑开了。最后只剩下阿克拉、巴格西拉和站在莫格里这边的10多头狼。莫格里把手上的树枝丢掉，突然，他觉得内心深处有什么东西开始让他隐隐作痛，他从来没这么痛过，他哽咽了，啜泣了起来，眼泪不由自主地滑落下来。

“巴格西拉，这是怎么了？这是怎么了呢？”他哽咽地说，“我真的不想离开丛林，我不知道这是怎么回事，这是什么感觉？是什么从我的眼里流出来？我要死了吗？”

“不是的，小兄弟。这是只有人类才有的眼泪，”巴格西拉说，“我现在可以确定你已经是大人，不再是个小孩了。从今往后，你真的不再属于丛林了。让它们流下来吧，莫格里，尽情地哭吧，只是眼泪而已。”于是，莫格里坐着开始放声大哭，仿佛他的心都要碎了。时至今日，他还从来没有这样哭过，泪水像止不住的喷泉一样流了很久。

“现在，”他说，“是到人类那儿去的时候了，但是我得先去和妈妈告别。”他回到狼妈妈和狼爸爸居住的山洞，趴在她的身上痛哭，四只小狼也围在他身边悲凄地号叫着。

“兄弟们，你们会忘记我吗？”莫格里搂着他的兄弟们说。

“我们可以嗅到你的足迹，不会忘记你的，”狼崽们说，“当你成为人了，可要常到山脚下来和我们聊天，我们会在那里等你。晚上的时候我们会陪你在庄稼地里玩耍。”

“早些回家啊！”狼爸爸说，“噢，可要快点回来，聪明的小青蛙，我和你的狼妈妈都已经老了。”

“快点回来啊，”狼妈妈抽泣着说，“我的光屁股的小儿子。你这个人娃娃，听着，我爱你胜过爱我自己的狼崽子们。”

“我一定会回来的，”莫格里擦干脸上的泪，“等我回来的时候，我一定会把萨克汗的皮毛铺在会议岩上。别忘了我！告诉丛林里所有的动物们不要忘了我!”

天将破晓，莫格里独自走下山坡，他要去见那些所谓的神秘的人。

二 西奥尼狼群狩猎之歌

雄鹿在迷蒙的晨雾里鸣叫，
一遍，两遍，好多遍！
一头又一头雌鹿从地平线跃起，
从野鹿饮水的丛林池塘边经过！
我屏住呼吸，独自凝望，
一遍，两遍，好多遍！

雄鹿在迷蒙的晨雾里鸣叫，
一遍，两遍，好多遍！
一头又一头狼陆续回来了，
把消息带给等候的狼群，
我们沿着他们的爪印寻觅，
一遍，两遍，好多遍！

雄鹿在迷蒙的晨雾里鸣叫，
一遍，两遍，好多遍！
矫健的身影在丛林里穿梭！
黑暗中的脚印难以勘测，
号叫，跳跃，撕扯！
一遍，两遍，好多遍！

三　蟒蛇卡阿捕猎

斑点是豹子的贞操，犄角是水牛的骄傲。
光泽的毛皮显示着猎人的荣耀！
小公牛能将你高高抛起，雄壮的大公鹿将你顶几丈高；
不必惊讶地来向我们报告，我们在10个季节之前就已经知晓。
不要欺负陌生的娃娃，像亲人一样把他们轻摇，
虽然他们又胖又小，但身后也许有熊为他们撑腰。
“我是多么与众不同！”人娃娃第一次捕猎后得意地笑。
丛林是如此博大广袤，而人娃娃还太小太小。
保持沉默，让他一个人好好思考。

——巴洛箴言

这个故事发生在莫格里被赶出西奥尼狼群之前，也可以说是他向老虎萨克汗报仇之前。那是在巴洛教他丛林法则的那段日子里。巴洛是个不苟言笑的老棕熊，他的表情总是很严肃，但他打心眼里高兴自己有莫格里这个反应敏捷的徒弟。狼崽子们只愿意学习那些在自己种群适用的法则，所以刚学会丛林捕猎之歌就揪打在一起玩耍开了。“脚下没有声音，眼睛穿透夜色，耳朵敏锐，白白的牙齿锋又利，所有这些都是狼崽子们的特征，除了豺狗塔巴奇和我们憎恨的鬣狗。”但是，莫格里是人娃娃，所以要学习的远比这个多多了。有时，黑豹巴格西拉也会漫步丛林，来看看他心爱的宝贝学得如何了。当莫格里给巴洛背诵功课时，黑豹就把头靠在树上，眯着眼睛望着他们，发出呼呼的声音。这个男孩爬树、游泳、跑步，样样

在行。因此，丛林法则老师又教他树林和水的法则：如何区分一根烂树枝和好树枝，如何礼貌地和其他动物交谈，如何让动物们觉察到你的出现而不感到害怕，莫格里很快又领悟到了这些法则的诀窍。于是，巴洛又教莫格里，丛林成员在自己的狩猎地以外的地方打猎时，必须先大声喊叫："请让我在这儿打猎吧，我饿了。"直到有人回答："那么只能为食物打猎，不能为了好玩而打猎。"这个时候，你就可以自由地捕捉猎物了。

莫格里记住了很多东西，但对于上百遍地重复相同的东西感到十分厌倦。有一天莫格里就因为不愿意反复练习同样的东西而挨了巴洛的一顿打，他气呼呼地跑掉了。巴洛对巴格西拉说："人娃娃需要学会所有的丛林法则。"

"但是他还这么小，"黑豹说，"他的小脑袋怎能装得下你所有的长篇大论呢？"

"在这个丛林里，谁会因为太小而免遭被杀的命运呢？我要教他很多东西，以使他能保全自己。这就是为什么他忘记的时候，我要轻轻打他的原因。"

"那也叫轻轻地打！你这个老铁掌，"巴格西拉不满地嘀咕着，"他的脸全都青了，就因为你'轻轻'地打。哼！"

"宁可让他在我们手里吃点苦头，也比今后因无知而受到伤害好吧？"巴洛真诚地说，"现在我正在教他丛林密语，这能使他从鸟类、蛇类和四只脚着地捕猎的所有动物那里得到保护。这项本领难道还不值得挨上一顿打吗？"

"那么，千万小心点，别打死了人娃娃。他可不是给你打磨爪子的树干。但是，丛林密语是什么呢？我不用密语也可以帮他一把。"巴格西拉伸出他那铁青色、凿子般的爪尖欣赏着，这爪子让丛林中的动物直颤抖呢。"但是，我还是想知道丛林密语是什么。"

"还是让莫格里来告诉你吧，来，小兄弟！"

"我的头还在嗡嗡地响，就好像蜂树一样。"一个闷闷不乐的声音在他们头上响起，"我来是为了巴格西拉，可不是为了你哦，肥佬巴洛！"

莫格里气呼呼地从树干上滑了下来，动作流畅得像条蛇。

“无所谓，”巴洛说，心里不免有点难过，“那么告诉巴格西拉，今天我教你的丛林密语。”

“哪个丛林密语?”莫格里高兴地问，想在巴格西拉面前炫耀一下，“很多种丛林密语我都懂。”

“你是知道一些，但不是很多。哦，看，巴格西拉，瞧瞧他的态度，他们从来不知道感谢他们的老师。从没有一只小狼回来谢谢老巴洛教给他们知识。那么先说说捕猎兽群的密语吧，我伟大的学者。”

“我们是同一血统的，你和我。”莫格里挺直腰用熊的腔调说。

“很好，现在说鸟类的密语。”

莫格里抿起嘴巴说了一句鸢的语言，在结尾处还像鸢一样叫了一声，真是妙极了。

巴格西拉说：“现在说蛇类的密语。”

莫格里发出了难以形容的咝咝声。他拍着手为自己鼓掌，把腿往后踢起，跳到巴格西拉背上。他斜坐在一边，用脚后跟在黑豹光泽的皮毛上打着拍子，还对巴洛做着鬼脸。

“嗯，不错！那点淤青还是值得的，”棕熊柔声说，“总有一天，你会记得我的。”然后他转向巴格西拉，告诉他自己当初是如何学会丛林密语的，他请求大象海蒂把密语告诉他——海蒂懂得一切丛林中的密语，海蒂还带着莫格里去池塘，从一条水蛇那里学到蛇类的密语，因为巴洛发不出这个音；莫格里经历了丛林里所有的意外后仍然平平安安，因为不管是蛇类、鸟类还是野兽都不会伤害到他。

“这样就谁都不用怕了。”巴洛骄傲地拍着他肥肥的、毛毛的肚子说。

“除了他自己的部落带来的意外。”巴格西拉低声说。然后他又大声说：“小心我的肋骨，小兄弟！这跳上跳下的是在干什么?”

格里高声喊道：“我莫应该有自己的部族，我要带着他们整天在树林里穿行。”

“这是什么傻话啊，异想天开的小梦想家?”巴格西拉说。

“是的，他们已经答应我，”莫格里继续说，“然后我们就冲老巴洛扔树枝、污泥。哈哈！”

“噗！”巴洛的大巴掌把莫格里从巴格西拉的背上拽了下来。看得出这头熊生气了。

“莫格里，”巴洛一脸严肃，“你一直在跟那群猴子打交道吧？”

莫格里不明白巴洛为什么突然生气了，他转脸望了望巴格西拉，发现巴格西拉的眼神像玉石一样硬冷。

“难道你和猴子们在一块儿——那些灰猿——他们是不讲法则的，他们什么都吃。那可真是太丢脸了。”

“刚才巴洛打我的头，”莫格里说，“我跑开了。只有猴子们从树上跑下来安慰我，没人在乎我了。”他抽了抽鼻子。

“猴子会安慰你！”巴洛大叫了一声，“就像山溪静止了，夏阳变凉了！接着呢，人娃娃？”

“然后，他们拿了很多坚果给我吃，把我抱到树顶，说我和他们是同一血脉的兄弟，只是我没有尾巴，还说我有一天会成为他们的首领。”

“他们没有首领，”巴格西拉脸上露出深恶痛绝的表情说，“他们撒谎，总是撒谎。”

“他们很友善的，还邀请我再去找他们玩。为什么你从来没带我去过猴群那里？他们和我一样能站立，从不用硬爪子打我。他们从来都是无忧无虑的。让我起来！坏巴洛，让我起来！我还要去和他们玩！”

棕熊一脸严肃地大声吼道：“听着，人娃娃，”他的声音就像炎热的晚上打的闷雷，“我已经把我会的所有种群的丛林法则教给了你——除了住在树上的猴群。他们是丛林里的异类，没有法则，没有自由的语言，而是用那些他们在树上偷听到的话交流。他们的生活方式和我们不一样。他们没有首领，没有记忆力，爱吹牛，假装他们是精明的种族，要在丛林里干伟大的事，但是树上掉个果子就会让他们大笑一通，然后把所有的事都忘得一干二净。丛林里的动物从不和他们来往。我们不在猴子喝水的地方喝水，不在猴子猎食的地方猎食，只要是猴子去过的地方我们都不愿意去。直到今天，你有没有听我说起过猴子？”

“没有。”莫格里低声说。巴洛说完了，整个树林都静悄悄的。

“丛林动物不会提到他们，也不会想到他们。他们总是成群结队，他们邪恶、肮脏、无耻。他们想引起丛林动物的关注。即使往我们头上扔坚果和脏东西，我们也不会多看他们一眼。”

话音未落，坚果、小树枝就像暴风雨一样从树上撒落下来，他们听到在高处细细的树枝间传出来的咳嗽声、哀号声和猴子们愤怒的跳跃声。

“记住，丛林狼群不允许和猴子来往！”巴洛说，连头都没抬一下。

“对，不许，”巴格西拉说，“可我仍然认为巴洛早就该警告你了。”

“我？我怎会猜得到他会和这些肮脏的家伙一起玩。猴群！呸！”

狂风暴雨般的坚果、树枝又砸了下来，他们带上莫格里闪开了。巴洛关于猴群的说法都是千真万确的。这些猴子们住在树的顶端，所以野兽们不常见到他们，平常也没什么机会在路上碰到。但是一旦有生病的狼、受伤的老虎或熊在丛林里蹒跚走过，那些猴子们就一定会及时地出现，并趁机不断地折磨对方；有时为了好玩，或为了引起其他动物的注意，他们常常会向任何一头野兽扔树枝和坚果，然后啸叫着，尖声地唱些毫无意义的歌，引丛林动物们爬上树和他们打架；有时他们会无缘无故地激烈地互相殴打，并故意把死猴子留在丛林动物们能看得到的地方。他们总想有个自己的领袖、有自己的法律和习俗，但他们从来没有真正这样去做，因为他们的记忆力太差了，他们一玩起来就忘掉了所有的正事。没有兽民能够得着他们，也没有兽民会注意到他们，所以当莫格里找他们玩的时候，他们会非常高兴，但也听到了巴洛有多生气。

他们根本就不去计划。但有一只猴子想出个自以为很了不起的主意，他在猴群中四处散播这样的说法，说莫格里是对他们部落很有用的人，因为他会用树枝编成挡风的东西，所以只要抓了他，就可以学到如何用树枝编东西了。当然，莫格里作为一个樵夫的孩子，继承了樵夫所有的天赋，他能够用落在地上的树枝搭起一个小棚子，然后躺在小棚子里躲避风雨。尽管他从来没有想过自己如何能有这样的能力。猴群在树上看着他，认为他干得太棒了。这次，他们说，他们真的要有一位首领了，从而成为丛林里最聪明的部族——聪明得让每只动物都注意他们，嫉妒他们。因此他们一直悄悄地跟着巴洛、巴格西拉和莫格里穿过丛林，直到午休的时候。了解了一切的莫格里内心羞愧极了，他安静地躺在豹子和熊的中间，决定再也不和猴民们来往了。

接着莫格里感觉到有一些手放在他的手臂上、腿上——一些粗暴的、强壮的小手——那些手拉着他飞奔起来，然后有无数坚硬的树枝从脸边划过，等他睁开眼，他发觉自己在高高的树枝上，他透过树枝往下看，巴洛在树底下低沉地怒吼着，龇牙咧嘴地往树上爬。猴子们胜利地欢呼着，急匆匆地跑到巴格西拉不敢跟上来的高高的树枝上，高声喊着："巴格西拉注意到我们了！所有的丛林兽民都钦佩我们的本领和智慧。"接着他们开始了树间行走，猴子在树间的行走是一件没有人能描述的事情。他们在山上山下都有自己固定的道路和支路，全都是在离地面 50 到 70 或者 100 英尺的地方，这样，必要的时候，即使在晚上，他们也能行走。两只最强壮的猴子把莫格里夹在胳膊下，带着他在树上荡来荡去，每次跳 20 英寸，要是没有莫格里的话，他们可以比现在快两倍。尽管莫格里被弄得晕头转向的，他还是禁不住喜欢上这种野性的狂奔和远远看上地面一眼的晕眩感觉。但是很快地，他发现自己是在空中无所依托地荡来荡去，这让他的心提到了嗓子眼儿。过了好一会儿，他的护送者暂时停了下来，把他推到一棵树上，树枝在他们的重压下吱吱嘎嘎作响，顶端柔嫩的枝叶都被折断了。随着一声咳嗽和高喊，他们又在空中荡了起来，然后突然停下，用手或者脚挂在旁边一棵树的矮枝上。当他们稍作休息的时候，莫格里能睁开眼睛越过郁郁葱葱的丛林看到连绵数里外的地方，就像一个站在桅杆顶端的人能看到海上数里以外的地方。但更多的时候他们在无休止地跳跃和奔跑，树枝、树叶狂乱地打在他的脸上，他时而被高高抛起，时而又差点掉到地上。就这样，跳跃着，碰撞着，欢呼着，号叫着，整个猴群带着他们的囚犯莫格里在树道上一路狂奔。

某一刻，他害怕会从高空中掉下去，发起火来，但他知道不能挣扎，于是开始思考如何摆脱这群家伙。首先要做的是设法捎话给巴洛和巴格西拉，因为按照猴子们现在的前进速度，他的朋友们一定被甩得远远的了。他低头望去，看到的只是黑压压的树林，所以只好抬头往上看，在远远的蓝天中，鸢鹰兰恩正在丛林上方回旋，监视着整个丛林，等待着他的猎物。兰恩看到猴子们抬着个什么东西一路飞奔，于是飞下了几百英尺，想看个究竟。莫格里被拖到树顶，他趁机向兰恩发出鸢鹰的呼叫："我们是同一血脉的，你和我。"兰恩惊讶地叫出了声。起伏的树枝淹没了男孩，但鸢鹰及时地盘旋在另一棵树上方，再次看到了那张棕色的小脸。"记住我的路线，"莫格里高声喊道，"告诉西奥尼狼群的巴洛和会议岩的巴格西拉。"

"兄弟，以谁的名义？"兰恩问道。

"青蛙莫格里。他们叫我人娃娃！记住我的路——线！"最后几个字是尖叫着喊出来的，因为他被荡到了半空中。兰恩从来没有见过莫格里，不过听说过莫格里这个名字。

兰恩点了点头，高高地飞起来，直飞到他看上去像个小黑点。他停在高空，用他望远镜般尖锐的眼睛追踪着莫格里急速前进时晃起的树枝。

"他们从来都跑不远，"他笑着说，"从不会按照原计划行事。猴子们总是不停地做新鲜事。这次，我没看错的话，他们给自己找了个大麻烦，因为巴洛不是好惹的，而巴格西拉，可不只会猎杀山羊。"

所以他挥动着翅膀，收起双腿，等待着。

同时，巴洛和巴格西拉既恼火又伤心。从来没有爬过树的巴格西拉爬上了树，但是细小的树枝因承受不了他的体重而断裂了。他从树上滑了下来，爪子上满是树皮。

"你怎么不事先警告人娃娃？"他对可怜的巴洛吼着，"你没有警告他，只用拳头把他打个半死又有什么用呢？"臃肿的巴洛使尽全身的力气快跑着，也顾不得巴格西拉的埋怨了。

“快点！哦，快点！我们、我们也许还能赶上他们！”巴洛上气不接下气地说。

“就用这样的速度还能赶上他们？丛林法则的老师，打娃娃的家伙，安静地坐下来好好想一想下步怎么办。已经追不上他们了，如果我们追得太紧，恐怕他们会把他扔下来的。”

“呜！他们可能因为带着他太累都已经把他扔下树了，那些猴子怎么能信呢？”巴洛一听这话顿时大哭起来，“把死蝙蝠放在我头上吧！给我吃烂骨头吧！把我扔到可以蜇死我的野蜜蜂窝里吧！把我和鬣狗一起埋了吧！我是一头不幸的熊啊！呜呼！哦，我的莫格里！我为什么没有事先警告你别接近猴子，而是打了你一顿呢？千万别忘记丛林密语啊，不然就只能孤零零一个人在丛林里了。”

巴洛用爪子自责地抓着他的耳朵，捶胸顿足地呜咽着。

“至少刚才他还能准确地对我说出那些丛林密语。”巴格西拉不耐烦地说。

“他现在可能已经死了。”巴洛越想越忐忑不安了。

“除非他们出于好玩把他扔下树，或出于懒惰杀了他，否则我一点也不担心，因为他是人娃娃。至少这孩子很聪明，还接受过良好的丛林训练，最重要的是，他有双令所有丛林动物都害怕的眼睛。但是，他偏偏被猴子抓到了。而他们住在树上，我们这些在地上的动物拿他们没办法。”巴格西拉若有所思地舔了舔一只前爪。

“我真笨！”巴洛说着，猛地伸展身子，“大象海蒂说过，‘一物降一物’，这是亘古不变的真理。这些猴子最怕的就是蟒蛇卡阿，他和他们一样在树枝上行动自如。他习惯晚上偷小猴子。轻声说出他的名字都能把猴子邪恶的尾巴吓得冰凉。我们去找卡阿帮忙。”

“他会帮我们吗？他不是我们这个部落的，没有脚——而且有着最邪恶的眼睛。”巴格西拉一想到那双眼睛就后背发冷。

“他很老了，而且很狡猾。不过，他总是饿着肚子！”巴洛充满希望地说，“答应给他些山羊就好了啊！”

“每次他吃完东西就要休息整整一个月！他现在也很有可能在睡觉，即使醒着，如果他不愿意接受我们的山羊，怎么办?”巴格西拉不了解卡阿，自然充满了担忧。

“那样的话，老猎手，我们一起让他明白明白事理。”巴洛用它退了色的棕色肩膀碰了一下豹子，就出发去找蟒蛇卡阿了。

他们找到他的时候，他正躺在温暖的岩石上晒着午后的太阳，他最近刚刚蜕完皮，现在的样子真是艳丽夺目。他那迟钝的鼻子耷拉在大脑袋下面，30 英尺长的身体拧成许多古怪的结和神秘的曲线，想着就要到来的晚餐，他不禁舔了舔嘴唇。

“他还没吃饭。”巴洛一看到他漂亮的棕黄色外套，就松了口气。“小心点，巴格西拉！他蜕皮以后总是有点脾气暴躁，小心他会攻击你。”

卡阿不是一条毒蛇——实际上他非常瞧不起胆小的毒蛇。他的力量在于他的怀抱，一旦用他粗大的圈圈把什么东西抱住，那就很难挣脱了。“打猎胜利!”巴洛蹲在那里喊道。卡阿的耳朵像他所有的同类一样有些聋，他并没有听见巴洛的招呼。于是他蜷起身子，低下头，随时准备应对突发状况。

“愿大家都打猎顺利。”巴洛再次说道。

“哦，巴洛，来此有何贵干？打猎顺利，巴格西拉。发现这附近有猎物吗，一只雌兔还是一头小公鹿？我肚子空空得像一口枯井了。”

“我们也正在找寻猎物呢。”巴洛装作一副漫不经心的样子。他知道对卡阿不能着急。他太大了，不好对付。

“请让我跟你们一块儿吧，”卡阿说，“对你们巴格西拉或者巴洛来说，一次出击不算什么，但是对我来说意义却大不相同，我得在树林里的小路上等上好几天，还要爬上半夜，只为了能碰到一只小猿猴。唉，这些树枝也都老了，轻轻爬上去就劈劈啪啪断掉了。”

“这和你巨大的身躯有点关系。”巴洛说。

“我是有着非常修长的身体，”卡阿带点儿骄傲地说，“尽管如此，那也是新长的树木的错。上次捕猎我都快要成功了——真的只差一点点——

因为尾巴没缠紧树，滑下去的声音吵醒了猴子，他们就用最恶毒的名字称呼我。”

“没脚的黄蚯蚓。”巴格西拉说，好像在努力地回忆着什么事情。

“嗞！他们这样说我的?”卡阿问，将上身直直地立了起来。

“上个月我就听到他们这样喊了，但是我们从来不答理他们。他们什么都说得出，说你掉光了牙齿，说你不敢面对比小山羊大的东西，因为你害怕公山羊的犄角。”巴格西拉继续若无其事地说着。

一条蛇，尤其是一条像卡阿这样谨慎、年迈的蟒蛇，从不轻易流露出火气，但此刻巴洛和巴格西拉还是看到了卡阿喉咙两边用来吞咽的肌肉在颤抖，渐渐鼓了起来，显然，卡阿被激怒了。

“猴子们换地盘了，”他看到自己的话收到了效果，于是继续说，“今天我在树林里无意中听到的。”

“那时我们正在追踪猴子们。”巴洛说，这些话还没说完就卡在了喉咙里，因为这是他第一次在丛林野兽面前显露出对猴子的所作所为感兴趣。

“毫无疑问，让你们这样的打猎首领来追踪猴子的足迹，我敢肯定，那一定发生了什么不小的事情。”卡阿礼貌地回答，充满了好奇。

“的确，”巴洛说，“我不过是西奥尼狼群年老而愚蠢的丛林法则老师，而这位巴格拉……”

“是巴格西拉！”黑豹说着，他的下巴啪的一下合上了，因为他不相信谦卑有用。他开门见山地说道：“事情是这样的，卡阿。这些偷坚果、摘棕树叶子的猴子们偷走了我们的人娃娃，你也许听说过他吧?”

“我曾经听伊基说一个人还是什么东西来到狼群里了，但我不相信。”

“但这是真的。他是个前所未有的人娃娃，”巴洛插嘴说，“是最优秀、最聪明、最勇敢的人娃娃——我的徒弟，因为他的存在会让我巴洛扬名整个丛林，而且，我们爱他，卡阿。”

“嗞！嗞！”卡阿一边说，一边来回地动着他的头，仿佛回忆着发生在遥远的过去的事情，“我也知道爱是什么。我还能说出一些故事呢……”

“那需要一个晴朗的夜晚，我们都吃得饱饱的，然后再围坐在一起赞美一番，”巴格西拉没有忘记最要紧的事，他赶紧打断说，“我们的人娃娃现在还在猴子们的手里，我们大家都知道，那些猴子天不怕地不怕，就只怕卡阿你。”

“是的，他们只怕我，那可不是没有理由的。”卡阿说，“那些猴子又吵又傻又自负。但是一旦有什么东西落在他们手里，可就惨了。当他们拿坚果拿烦了，便随手扔掉了；当他们抬着根树枝大半天，打算拿它派大用场，但旋即又把它折断了；他们也叫我——黄鱼，是吗？”

“蚯蚓，泥地里的蚯蚓，”巴格西拉说，“还有其他一些我都不好意思说。”

“我们必须好好给他们上一课，警告他们要好好称呼自己的主人，必须帮他们纠正错误的说法，”卡阿恶狠狠地说，“现在他们把人娃娃带到哪里去了？”

“往日落的方向去了吧，我并不确定，”巴洛说，“我们原本以为你会知道他们的行踪，卡阿。”

“我？我怎么可能知道？他们来到我这儿，我就把他们抓住，但我是从来不去主动寻找他们。”

“上面，抬头！抬头！喂，抬头，西奥尼狼群的巴洛！”这时，上空传来尖利的呼喊声。

巴洛抬头寻找声音来自何处，鸢鹰兰恩俯冲了下来。他搜索了整个丛林，好容易才发现巴洛。

“兰恩？怎么了？”巴洛问。

“我看见莫格里在猴群中间，他让我传话给你们。我观察过了，猴子们带着他过了河，往猴子城——寒穴去了。他们可能会在那里暂时停留一下。我叫蝙蝠在天黑后监视他们的行踪。这就是我捎给你们的口信。愿打猎顺利，下面的朋友！”

“也祝你吃得饱，睡得好，兰恩，”巴格西拉大声喊道，“下次打猎的时候我不会忘了你的，我会把猎物的头单独留着给你，谢谢，你是最棒的鸢鹰！”

“这没什么！没什么！那男孩会说丛林密语。我非得帮他这个忙不可。”兰恩盘旋着飞上了天，回他的鸟巢去了。

“他没忘记使用他的舌头，”巴洛欣慰地笑了，“想想看，这个小娃娃，当被一帮坏蛋劫持的时候，还记得鸟类的丛林密语。”

巴格西拉说：“我为他骄傲，他学得很好，那些密语都被他深深地印在脑子里了。现在我们必须去寒穴了。”

那地方他们都知道在哪里，但是很少有丛林兽民会去那，因为那是个古老废弃的城市，一座在丛林中迷失湮没的城市，而且野兽很少使用人类曾经居住过的地方。那些有自尊的动物都不愿意寄居在人类的城镇里，大概只在大旱时才会靠近它，因为那时残破不全的水槽和蓄水池中会剩下一点水。

“全速前进的话，也得跑上半个夜晚。”巴格西拉说。巴洛的表情看上去十分严肃。“我会尽我所能地快走。”他急切地说。

“我们没有多少时间可以耽误了，跟上，巴洛。我们必须快点走——卡阿和我。”

“不用担心，虽然我没有脚，但我跑起来不比你们四只脚的逊色。”卡阿立刻说。巴洛使劲地跑，但跑了一会儿就不得不停下来喘喘气。于是，他们留下他在后面追赶。而巴格西拉以豹子快跑的速度赶着路。但是尽管巴格西拉在努力地跑，大蟒蛇还是能与他并驾齐驱。跑到一条山间小河前，巴格西拉领先了，因为他一跳就越过了小河，而卡阿得游过去，他的头和两英尺长的脖子露在水面上。但是上了岸以后，卡阿很快就又追赶上了巴格西拉。

“你跑得一点都不慢，老兄。”巴格西拉在黄昏来临时说道，“我以赋予我自由的、被我砸碎的锁发誓。”

“我饿了，”卡阿说，“而且，他们叫我有斑点的青蛙。”

“蚯蚓——地上的蚯蚓，而且全身都是黄的。”

“都一样，我们继续走吧。”卡阿用镇静的眼睛搜寻着最近的路，然后像是倒在地上的水一样悄无声息地流淌过去。

在寒穴，猴子们压根没把莫格里的朋友们放在心上，眼下正打闹嬉戏呢。莫格里以前从未见到过一座印度城，虽然这里到处是残垣断壁，但在他看来仍显得壮观辉煌。很久以前，某位国王在一座小山上建造了它。现在依然可以沿着那些石头筑造的堤道通往已经损毁的大门，大门已经满目疮痍了，门上剥落的碎片挂在磨损了的、生锈了的铰链上；城里墙外长满了茂密的树和草；城墙已经坍塌、毁坏了；爬山虎从塔楼的窗户里挂出来，浓密地爬满了整块墙。

这座巨大的无顶宫殿覆盖住了整个山头，庭院里的大理石和水池从中间断开了，沿着裂纹长满了红色、绿色的斑点。御用大象曾经住过的庭院里，那些大鹅卵石都突了出来，被野草和小树分开了。从宫殿那里望去，可以看到一排排屋顶塌陷的房子，这让整个城市看上去像个硕大的长满了黑洞的蜂窝；你还能看见在四条道路相交汇的广场上立着一块形状不规则的大石头；还有街道角落里的凹凸不平的深坑，那里曾是公用的水井；还有已经毁坏了的圆顶庙宇，旁边簇拥着长满果子的无花果树。猴子们把这里称为他们的王国，假装看不起住在森林里的丛林兽民。尽管他们永远不知道这些建筑物是用来干什么的或者该怎么使用它们。他们会在国王会议室的大厅里围坐成几圈，互相抓着跳蚤，假装自己是人；或者在没有屋顶的屋子里跑进跑出，把灰泥和砖头块儿堆积到角落里，随即又忘了放在哪里，于是他们就又开始打架、喊叫，混战成一团。然后又会突然停下来，到花园的露台上跑来跑去地玩耍，他们会抓着玫瑰树和橘子树狠命摇晃，看着花和果子掉下来。宫殿里所有的走廊和黑漆漆的地道都被他们搜寻一遍，几百间小黑房间都被他们闯进去过，但是他们永远也不记得哪些地方去过了，哪些地方还没去过，所以总是单独地或者两两成群地到处乱跑，互相告知。他们像人类那样做事情。他们在水池里喝水，把水弄得浑浊不堪，然后就在那里打上一架。他们会成群地全冲过来，疯狂地喊叫着："丛林里再没有其他动物比我们更聪明、优秀、机智、健壮和温柔了。"接着他们又重复一遍，直到对这座城市感到厌倦了，就又回到树顶上，希望丛林兽民真的会注意到他们。

接受了丛林法则训练的莫格里，从来都是按照丛林的法则行事，所以他无法理解猴子们这种荒唐的生活。猴子们把他拖到寒穴的时候已经是傍晚了，莫格里在走了这么远的路之后疲倦极了，他恨不得躺在地上好好睡上一觉，但是猴子们却开始拉起手来跳舞，唱着那些没头没脑的歌。其中有一只猴子发表了演说，说抓住莫格里标志着猴子历史上的一个新的开始，于是猴群立马沸腾起来了，猴子们让莫格里教会他们如何用树枝和藤条来挡风御寒。莫格里不得不捡了一些爬山虎，开始编起来，猴子们也纷纷抓了一些树枝设法模仿，但是很快就失去了兴趣，开始拉扯伙伴们的尾巴，或手脚并用地上蹿下跳，嘴里还发出咯咯的咳嗽声。

“我饿了，我要吃东西，”莫格里说，“给我点吃的，或让我出去打猎。”

大约 20 多只猴子跳开去给他寻找坚果，但是在路上他们就开始互相打闹起来，不一会儿就完全把这事忘了。莫格里在空荡荡的城市里打转，又气又饿，不时地发出要在异地狩猎的呼叫，但是没有人回应他。莫格里觉得这真是有生以来见过的最糟糕透顶的地方。“巴洛所说的关于猴子的一切都千真万确，”他心里暗想，“他们没有丛林法则，没有丛林密语，更没有首领，什么都没有，除了可笑的言论和偷东西的手。所以如果我在这里饿死或者被杀死，都是我自己的错，怪不得任何人。但是我必须尽快回到我的丛林里去。巴洛肯定会再打我一顿，但是这总比和猴子们一起追逐愚蠢的玫瑰花瓣好。”

他快步朝着城市出口的方向走去，还没走到城墙边，就被一帮猴子们拖了回去，然后跟着大喊大叫的猴子来到红沙石蓄水池上方的露台，那蓄水池里有半池的雨水。露台的中央有个白色大理石制成的花园凉亭。圆屋顶的半边塌了下来，挡住了地下通道的去路。以前王后们就是经由这个通道从宫殿里进出的。不过那些墙是由大理石窗花格围屏组成的——漂亮的乳白色浮雕，镶嵌着玛瑙、红玉髓、碧玉和天青石。当月亮从山后爬上来的时候，月光倾泻在浮雕屏风上，投射在地上的阴影就像是黑色的天鹅绒绣品。“我们是伟大的、自由的，是整个丛林里最棒的种群！我们都这么认为，所以这必定是真的。”猴子厚颜无耻地吹嘘着。此时的莫格里又饿又困，已经懒得理睬他们了。“豺狗塔巴奇肯定咬过这些猴子，现在他们都得了狂犬病、疯病。他们从来不睡觉吗？现在有朵云飘过来要挡住月亮了。如果这朵云够大的话，我就可以趁黑跑掉了。但是我太累了。”莫格里心想。

他的两个好朋友正在城墙下面的废水沟里盯着同一片云，他们清楚地知道成群的猴子有多危险，他们得谨慎行动，他们不想冒险。猴子们只有在 100 比 1 的时候，才会跟自己的敌人打斗的。

“我到西面的那堵墙边去，”卡阿低声说，“然后快速地冲下去，那个斜坡对我有利，他们不会几百只一起扑到我背上，但是……”

“我明白，”巴格西拉说，“要是胖巴洛在就好了，但是在巴洛来之前，我们也必须尽我们所能。等云遮住了月亮，我就跑到露台那去。他们正在讨论那个男孩子的事情。”

“打猎顺利”，卡阿表情凝重地说完后，就滑向了西墙，那墙恰巧是最完整的一块墙了。大蟒蛇在找到一条能爬上石头的路之前耽搁了一会儿。云遮住了月亮，莫格里正在打算下一步该怎么办。这时他听到了巴格西拉在露台上的轻轻的脚步声。黑豹以迅雷不及掩耳之势冲上斜坡，在猴群中左右扑击。猴群里顿时响起了一阵惊恐、愤怒的号叫声。然后当巴格西拉被身后打滚、乱蹬着腿的猴子绊倒时，一只猴子大喊道：“只来了一个！杀了他！杀！”一大群猴子冲了过来，咬着、抓着、拉着巴格西拉，而五六只猴子紧紧地抓住莫格里，把他拖到花园凉亭的顶上，然后从破屋顶的窟窿里推了下去。这个屋顶的高度足有 15 英尺，如果是一个由人养大的男孩早就摔成重伤了，但是莫格里接受过巴洛的严格训练，因此当他掉下去的时候，他及时地双脚着地了，因此并没有受伤。

“待在那儿，”猴子们喊道，“等我们杀了你的朋友后，再和你玩——如果那些毒蛇让你活着的话。”

“我们是同一血脉的，你和我。”莫格里马上用蛇的密语说。他能听到周围垃圾堆里发出的窸窸窣窣的类似蛇发出的声音。

听到他的密语，六个低沉的声音从黑暗处响起。（印度的每一个废墟都成为蛇居住的地方，而这个废弃的花园凉亭就住满了眼镜蛇。）“别动，小兄弟，你的脚可能会伤害到我们。”

莫格里尽量保持原来的姿势一动不动，他透过浮雕的镂空处往外看，听着黑豹身边激烈的打斗声、喊叫声、喋喋不休的吵闹声，以及巴格西拉从一堆敌人身下往后退、突然弯背跃起、扭动身子猛烈前冲时发出的低沉、嘶哑的咳声。这是他出生以来第一次为了活命而战斗。

“巴格西拉不可能孤身一人来的，巴洛肯定就在附近。”莫格里想。然后他大叫：“到水池那！巴格西拉，滚到水池那里去！滚过去，然后猛冲！到水那里去！”

巴格西拉听到了，那声喊叫告诉他莫格里是安全的，这给了他新的勇气。他不顾一切地战斗着，一点一点地挪向水池，然后一声不响地地停住了。接着从最靠近丛林的那堵墙传来巴洛的吼叫声。老巴洛已经赶来了。“巴格西拉，”他喊道，“我来了。我在往上爬！马上就来了！哇呼啦！石头从我脚下掉下去了！等着我，你们这些不知好歹的猴子！”他气喘吁吁地爬上露台，只是在猴群中露出了一个头，但他猛地跨步用力笔直地站了起来，伸手抱住猴子，能抱住几个算几个，然后有规律地噼里啪啦地扇起来，就像船桨急速转动一样，把猴子们远远地丢了出去。哗啦一声，扑通一声，莫格里知道巴格西拉已经一路打到水池边，然后跳了下去，猴子们是不敢跟着下去的。豹子喘着气，躺在水里，只露出一个头，而猴子们在红色的台阶上，密密麻麻地站成了三排，气得上蹿下跳，一旦巴格西拉从水池里上来，猴子们就会立即从四面八方跳到他身上。豹子无法上去支援巴洛，就连自己也自身难保了，他抬起湿湿的头，绝望地发出寻求保护的蛇类密语：“我们是同一血脉的，我和你。”因为他认为卡阿在最后一分钟已经逃跑了。巴洛在露台边上被猴子们压得快窒息了，但他听到黑豹的呼救还是忍不住笑了起来。

卡阿这时刚刚从西墙越了过来，落地的时候猛地一扭把一块压顶石推到沟里去了。他想充分利用身下的空间，于是几次蜷起身体，又松开，以保证他过长的身体的每一个部位都能起作用。那时，巴洛的战斗还在继续，猴子们围绕着水池乱转，冲着巴格希拉喊叫，蝙蝠曼尼来来回回地飞，把这个大战役的消息传遍整个丛林，直到野象海蒂也大声吼叫起来。远处，散居的猴群们也被吵醒了，他们沿着树上的道路一路狂奔过来，去寒穴增援他们的伙伴。战斗的喊叫声惊醒了方圆数里睡梦中的鸟儿。此时卡阿迅速地直立起来，急于想捕杀猎物。一条蟒蛇的战斗力在于蛇头的迅速出击，而头部力量来自整个身体的重量和力量。一条四五英尺长的蟒蛇如果正面袭击一个猎物，就足以把他击倒，那力量犹如一个头脑冷静的人手里拿着近半斤重的锤子砸向猎物——你要知道，卡阿足有 30 英尺长呢。他第一次击向巴洛周围的猴群——闭着嘴巴无声无息地打中了他们的要害，根本不需要再来第二次。猴子们看到卡阿如同见到了最可怕的怪物，尖叫着逃散开去："卡阿！是卡阿！跑啊！快跑！"

一代又一代的猴子都被长辈们讲述的关于卡阿的故事吓得闻风丧胆，见了卡阿就想逃命。卡阿这个夜贼，会像苔藓的生长那样无声无息地顺着树枝爬上树，把最强壮的猴子活生生地缠死；卡阿，能使自己伪装得像一根真正的枯树枝或者一个烂树桩，即使是最聪明的猴子也会被骗，直到被那"树枝"强大的力量抓住。猴子们在丛林里最怕的就是卡阿，卡阿是他们的天敌，因为没人知道他的力量究竟有多大，没有人敢仔细看他的脸，没有人被他抱住了还有逃跑的机会，所以猴子们此刻惊恐地跑到高高的城墙和屋顶上。巴洛深深地舒了一口气。他的皮毛比巴格西拉的要厚得多，但是在战斗中还是受了不少伤。这时，卡阿第一次张开了大嘴，发出一声长长的咝咝声，那些已经逃到远处准备再次返回来的猴子们，听到这个声音都吓呆了，待在原地一动不动，手脚哆嗦着，直到不堪重负的树枝在他们身下弯曲、断裂。城墙上和空房子里的猴子停止了喊叫，四下里一片寂静。莫格里听到了巴格西拉从水池里上来，抖动着湿漉漉的身体。然后吵闹声又一次恢复了，那些猴子们在远远的高墙上喊叫着，沿着城墙蹦跳，却不敢走近他们。莫格里在花园凉亭里跳跃着，透过屏风看着外面，用前齿像猫头鹰一样发出呼呼的声音，宣泄自己的愤怒、嘲笑和蔑视。

“快去把人娃娃从陷阱里救出来，我只能做这么多了。”巴格西拉喘着气说，“让我们带着人娃娃走吧。他们还会再次进攻的。”

“没有我的命令，他们是不敢动的。待在原地！”卡阿呲呲说着。整座城市再次安静了。“我没能早点赶到，兄弟，不过我想我听到你的呼叫了。”那是对巴格西拉说的。

“我……我可能是在战斗的时候叫的吧，”巴格西拉有点难为情地回答说，“巴洛，你受伤了吗？”

“我不确定，他们幸好没把我撕成 100 块吧，”巴洛庄重地说，边说边交替地抖动两条腿，“哇！我好生气。卡阿，我想我们——巴格西拉和我，多亏了你才没事。”

“不用客气。人娃娃在哪里呢？”

“我在这里呢，陷阱里。我爬不上来。”传来莫格里的呼喊声。他头的上方是坍塌的圆顶屋，他拼命向上跳着，挥动着双手。

“快点，请快点带他走吧。他跳起来像孔雀玛奥一样，简直要把我们的小蛇踩死了。”里面的眼镜蛇说。

“哈啊！”卡阿笑着说，“他的朋友还真多。后退一些，人娃娃。还有你们，毒蛇们，都躲起来。我要把墙推倒了。”

卡阿仔细观察了一番，发现大理石窗花格上有个退色明显的裂缝，表明那个地方已经不再坚固。他用头轻轻地敲了几下估算距离，接着立起六英尺高的身体，用尽全力，狠狠地朝着大理石窗撞击了六下。屏风顷刻支离破碎，化为一阵灰尘和沙砾了。莫格里从缺口处跳了出来，扑到巴洛和巴格西拉中间，两手分别紧紧搂住巴洛和巴格西拉的大脖子。

“你伤到没有？”巴洛轻轻地抱着他问。

“我被猴子们气坏了，也没吃一丁点东西，但是一点也没受伤。但是，哦，瞧这帮蠢猴子干的好事，我的兄弟们，你们在流血！”

“他们也是。”巴格西拉舔了舔嘴唇，瞟了一眼露台上、水池边横躺着的猴子尸体。

“这并没什么，只要你没事，哦，所有的小青蛙中你最令我骄傲!”巴洛哽咽着说。

“那事我们稍后再说，”巴格西拉用冷冰冰的声音说，那个语调莫格里一点也不喜欢，“但是这次战斗多亏了卡阿，没有卡阿你可能就没命了。根据我们的习俗，莫格里，你应该好好地谢谢他。”

莫格里转过身去，看到在他头上方一英尺的地方晃动着一只蟒蛇的脑袋。

“原来这就是那个人娃娃啊!”那个脑袋说，“他的皮肤看起来可真嫩，和猴子们还真的有点像。小心点，人娃娃，等我重新蜕皮以后的某个黄昏里，别让我真把你错当成猴子了。”

“我们是同一血脉的，你和我，”莫格里回答道，“今晚你救了我的命，今后如果你饿了，就来找我，我的猎物就是你的猎物，哦，卡阿!”

“太感谢了，小兄弟，”卡阿说，他的眼睛闪烁着，“那么我跟随这么勇敢的猎人外出打猎会打到什么猎物呢?”

“我什么都不猎杀——因为还没有足够强大，但是我可以把山羊赶到我能利用他们的地方。等你没事的时候请过来找我，看看我说的是不是真话。我在这些事情上面有一些本领（他伸出了他的双手）。如果你不幸掉入了陷阱，我会偿还今天欠你的恩情，你，巴格西拉，还有巴洛。祝大家打猎愉快，我的老师们。”

“说得好!”巴洛欢叫着。莫格里非常真诚地表达了谢意，这令他十分满意。蟒蛇把头轻轻地靠在莫格里的肩膀上，搁了一会儿。“一颗勇敢的心和礼貌的语言，”他说，“他们要把你抬到丛林深处，人娃娃。那些猴子不会善罢甘休的，现在，你和你的朋友们快点离开这里吧，快去睡觉吧，月落以后不会发生什么好事。”

月亮慢慢下山了。墙上一排排的猴子挤成一团，不停瑟瑟发抖，看上去就像晃动的穗子。巴洛跳到水池里喝了点水，巴格西拉开始梳理自己凌乱的毛发，卡阿则滑到了露台的中央。他噼里啪啦地把嘴收紧，把猴子们所有的目光都吸引到他这里。

“月亮下山了,”他说,“这点亮光能够看得见吗?”

城墙上传来呻吟声，就像树林的哀吟:“我们能看见，卡阿。”

“很好。现在让你们见识一下我的舞蹈——猎手卡阿的舞蹈。静静地坐着看。”

说着，他柔软的身体在左右晃动的脑袋的牵引下，转起了大圈，然后摆成圈圈、八字形、软绵绵的三角形，随后又变成四边形、五边形，他不慌不忙地、一刻不停地将身体一圈一圈叠起来，嘴里还一直低沉地哼着调子。天越来越黑，卡阿扭动的节律也越来越慢了，直到最后，那些奇异多变的形状不见了，只听到蜕皮的沙沙声。

巴洛和巴格西拉像是石头一样静静地站着，喉咙里发出咆哮声，脖子上的刚毛都竖起来了。莫格里也非常诧异地看着眼前的一切。

“猴子们,”卡阿的声音,“没有我的命令，你们就不能移动你们的手和脚，听到了吗？回答我!”

“听到了，卡阿。没有您的命令，我们不会移动我们的手和脚，卡阿。”

“那很好！统统朝我靠近一步。”

一排排恐惧的猴子都无助地往前走了一步，巴洛和巴格西拉也跟着走了一步。

“再靠近点!”卡阿嗞嗞说着，他们又都走近了一步。

莫格里把手搭在巴洛和巴格西拉身上，提醒他们该走了。这两只大野兽才如梦初醒般转身离开了。

“用你的手抓住我的肩膀,”巴格西拉小声说,“抓住别放，要不然我会控制不住自己——又要走回到卡阿那里去了。快!”

“那只是蟒蛇卡阿在尘土里画圈,”莫格里说,“我们现在快点走吧。”他们三个从城墙的一个缺口跳了出去逃到丛林里。

“哇呜!”当巴洛再次站在静悄悄的树下时，他长长地舒了一口气。“我再也不敢和卡阿结盟了。”他浑身颤抖地说。

“他可比我们知道的要厉害多了，”巴格西拉打了一个冷战，“我如果再多待半分钟的话，恐怕就要走到他的喉咙去了。”

“啊，可怕的家伙。在月亮重新升起来以前，会有很多猴子走上那条路的，”巴洛说，“卡阿将会打猎顺利的——以他的方式。”

莫格里不明白巴洛话里的含义，“但是这是什么意思啊?”他对于蟒蛇致命的魅力一无所知，“我看到的只不过是一条大蛇傻傻地转着圈，一直到天黑，而且他的鼻子都破了，嗬！嗬!”

“莫格里，”巴格西拉生气地说，“是因为你，他的鼻子才破了，就像我的耳朵、身子、爪子，还有巴洛的脖子、肩膀被咬了，都是拜你所赐。这下好了，我们许多天都不能快乐地打猎了。”

“这没什么，”巴洛说，“重要的是，我们的人娃娃又回来了。”

“话虽不错——但是他浪费了我们这么多原本可以好好打猎的时光，还害我们受了伤，掉了毛——我背上的毛都只剩一半了，还有自尊。你一定要记住，莫格里，我，一只高傲的黑豹，不得不向卡阿呼救，我和巴洛都被饥饿的舞蹈吓得像小鸟一样。所有的这一切，人娃娃，都是因为你和猴子们玩造成的。”

“真的，这是真的，”莫格里痛苦地说，“我是一个坏人娃娃，我感到十分愧疚。”

“唔！关于这个，丛林法则是怎么说来着，巴洛?”

心软的巴洛不想再给莫格里带来更多痛苦，更不忍心惩罚他，但是他不能篡改丛林法则，所以他只能含糊地说：“懊悔永远不能延缓惩罚。但是你要明白，巴格西拉，他还小呢。”

“我知道，但是谁叫他闯了祸呢，现在必须得挨一顿打。这是丛林法则的规定。莫格里，你有什么要说的吗?”

“没有，我是做错了。巴洛和你也都因此受了伤。挨打是我应得的惩罚。”

巴格西拉怜惜地打了他六下，如果是一只豹子，这几下轻得都不会把小豹子拍醒。但是对于一个七岁的男孩来说，这几下也算是一顿毒打了。

巴格西拉打完了，莫格里打了个喷嚏，一言不发地站了起来。

“现在，”巴格西拉说，“跳到我背上，小兄弟，我们回家了。”

从林法则的一个好处就是惩罚可以清算所有的账，事后不会再有任何宿怨。

莫格里把头搭在巴格西拉的背上，睡着了，这一天他也累坏了，被带回到狼穴的时候，他一直都没有醒。

四 猴子进行曲

我们像大海里四处喷溅的水花，
在洒满月光的路途中雀跃前行！
难道你不羡慕我们这支欢乐的队伍吗？
难道你不渴望有更多的手脚吗？
你不希望你的尾巴能够——像我们这样——
弯曲如弓一样？
现在你很生气，不过——没关系，
兄弟，你的尾巴还挂在身后！

我们沿着整齐的树枝坐成一排，
想象着我们知晓的和不知的美好事物；
憧憬着我们打算要去做的事情，
过一两分钟以后所有的事情都会完成——
那些聪明、无与伦比的伟大事情，
只要我们能想到的，我们就能完成。
我们偶尔也会忘记，不过——没关系，
兄弟，你的尾巴还挂在身后！
各种各样的语言，我们都听过，
蝙蝠、野兽或鸟类发出的声响——
不管是皮毛、鳍、鳞片还是羽毛——
快讲吧，模仿他们的声音一起大声讲！

太好了！太棒了！再来一遍！

现在我们说起话来跟人类一个模样！
让我们假装我们是——没关系，
兄弟，你的尾巴还挂在身后！
这是我们猴子做事情的方式。

加入我们欢呼雀跃的队伍，在松林中穿行吧！
我们能跳得又轻又高，野葡萄在身边来回摇晃。
以我们睡醒时所在的垃圾堆和我们发出的高贵的吵闹声起誓，
我们一定要，一定要去做些伟大的事情！

五 老虎！老虎！

狩猎怎么样啊，勇敢无畏的猎手？
唉，漫漫长夜，饥寒交迫。
你捕杀的是何物？
唉，他仍在丛林中躲藏。
你曾经引以为傲的力量在哪儿？
唉，力量已消失在我的腰腹和肋肉间。
你急忙而过要去哪儿？
唉，回我的洞穴——迎接死亡。

现在故事又跳回到很久以前。莫格里在会议岩上和狼群进行了一场决战后，不得不离开了狼穴走下山去，山脚下就是村民居住的农田。他没有在那里停留，因为那儿离丛林太近了，他知道他在会议上结下了不止一个死敌。于是，他继续向前走，沿着顺山谷而下的崎岖的大路，莫格里不知不觉走了大约20英里，直到看见一个陌生的村庄。山谷变得开阔了，眼前出现一大片广袤的大平原，上面布满了星星点点的岩石，一条条沟壑在平原上纵横交错，把平原切割成一块块的。在平原接近地平线的地方，有个小小的村庄，另一头是茂密的丛林，丛林连绵不断，连着大片的牧地。牧地和丛林的界限分明，好似用锄头割开的一样。在平原上，几头耕牛和水牛在悠闲地吃着草，莫格里向有耕牛的地方大步走去，放牛的娃娃见到莫格里都大叫起来逃走了。那些经常在印度村里徘徊的黄毛野狗也对着他狂吠起来。莫格里继续向村里走去，因为他觉得饿了。当走到村口时，他看见日落时被人竖起来挡住路口的荆棘丛，已经被挪到一边了。

“哼!”他说，这样的障碍物他打猎时见过不止一次。“看来这儿的人类也是怕丛林里的一些野兽的。”他在路口坐了下来，直等到有个男孩经过，他便站起来，指着自己张大的嘴巴，意思是他饿了，想要吃东西。那个人呆呆地看了他半天，然后沿着村里唯一的那条路往回跑，大声叫来了牧师。牧师是一个穿着白色衣服、又高又胖的人，前额上还涂着红黄色的记号。牧师走到路口，身后已经跟了100多人，他们都目不转睛地盯着他，大声地议论着、叫嚷着，对着莫格里指指点点。

“这些人类真没礼貌，”莫格里自言自语道，“只有猴子才会这么做。”他把长发甩到脑后，对那些村民皱着眉头。

“别怕，只是一个小男孩而已。”牧师招手让大家安静下来，“瞧瞧他胳膊上、腿上的伤疤，是被狼咬的。他只是一个从丛林里逃出来的狼孩，没什么好怕的。”

当然，狼崽子和莫格里一起玩时，会把莫格里啃得重了点，所以他的腿上、手臂上都是撕咬玩耍后留下的发白的疤痕。但是莫格里根本不把这视为咬，因为他知道真正的咬是什么样的。

“啊呀！啊呀!”几个妇女失声叫了起来。“他被狼咬过，可怜的孩子！这孩子真是漂亮啊，眼睛红得像火焰。梅苏亚，他像不像你那个曾经被老虎叼走的男孩。”

“让我瞧瞧!”从人群里挤出来一个女人。她的手腕上、脚腕上戴着沉甸甸的铜镯子，女人走到莫格里面前，从头到脚地打量着他，“还真有点像。他比较瘦，但神态还真像。”

牧师是个聪明人，知道梅苏亚是当地最富有的村民的妻子。于是，他抬起头望望天空，然后庄重地说：“被丛林夺走的，丛林又归还了。把男孩带回家吧，我的姐妹，别忘了向能知晓人类命运的牧师表示你的敬意。”

“我以赎回我的那头公牛起誓，”莫格里自言自语着，“这次谈话可真像是又一次被狼群接纳的仪式啊！好吧，如果我是个人，我就必须变成人。”

妇女招手让莫格里跟她回家，人群也就散开了。女人的屋里放着一张刷了红漆的床架，一只存放粮食的陶制大箱子，上面有许多滑稽的凸起的花纹。六只铜锅，一尊印度神像安放在一个小小的壁龛里。墙上挂着一块真正的镜子，就像农村集市上卖的那种。

女人慌忙给他拿了一些吃的，然后用手抚摸着他的头，凝视着他的眼睛，想着他也许真的是她的儿子，不幸被老虎叼进丛林，现在又幸运地回来了。她说：“纳索，噢！纳索！”莫格里从没听过这个名字。“你还记得我给你穿上新鞋的那天吗？”她抚摸着他坚硬得像鹿角的脚。“不，”她痛苦地说，“这双脚从来没有穿过鞋子，可怜的孩子。但是你真的很像我的纳索，你就当我的儿子吧。”

莫格里浑身不自在，因为他从来没有在屋顶下待过，他过惯了露天的自由的生活。但当他抬头看到茅草屋的屋顶时，他清楚地知道，任何时候只要他想离开，他就可以把它撕开逃走，而且窗户上也都没有窗栓。“如果听不懂他们说话，”他自言自语地说，“做人又有什么好？现在我就像个傻瓜和哑巴，就像人类来到丛林里生活一样。我得学会他们说的话。”

他以前也模仿过公鹿和小野猪的声音，但当时都是为了好玩。而现在，他是真的想学会人类的语言，所以每当听到梅苏亚说出一个字，他都会很用心地记住并几乎一点不差地复述出来。在天黑之前，他已经学会屋里许多东西的名称了。

睡觉的时候最让莫格里烦恼。因为他实在不愿睡在这个像陷阱一样的小屋里，因此当他们关上门时，他便从窗口钻了出去。“随他去吧，”梅苏亚的丈夫说道，“你得记住，他可从没在屋檐下生活过，没有在床上睡过觉。给他一些时间慢慢适应吧，如果他真的是上帝派来代替我们的儿子的，那么他就一定不会逃走。”

莫格里在屋外耕地边上一片长长的、干净的草地上舒展身体躺了下来。但还没等他闭上眼睛，一只潮湿的灰鼻子就开始戳他的下巴。

“喂，你身上是什么怪味道？”灰兄弟（他是狼妈妈的崽子中最年长的一个）说，“追踪你 20 英里，就得到这样的回报啊。你身上都是人类篝火和耕牛的气味——你已经像个人了。别睡了，醒醒，小兄弟，我带来了消息。”

“丛林里都还好吧？”莫格里兴奋地坐了起来，抱了抱他的脖颈，说道。

“除了被红花烫伤的那些狼，一切都好。现在，听着，我带来了萨克汗的消息。他跑到很远的地方去捕猎了，要到他的皮毛重新长出来再回来，因为他被烧得很严重。他发誓说等他回来的时候就要亲手杀死你，并把你的骨头埋在维冈加。”

“那就走着瞧吧！看看谁先实现自己的誓言。我也许下了一个小小的誓言。但是，有消息总是好的。今晚，我很累了——一天都在学习新东西。灰兄弟，记住有新消息就要来通知我啊。”

“你不会忘了你是狼吧？跟人类生活在一起会不会让你忘了这一点？”灰兄弟急切地问道。

“我怎么会忘记这一点呢？永远不会的。我会永远记得我爱你，爱我们山洞里所有的狼，但是我也会永远记得我被赶出了狼群。”

“你也可能会被人类赶出来的，人总归是人，小兄弟，他们说话就像池塘里的青蛙一样叽里呱啦。等我再次下山来这儿，我会在牧地旁边的竹林里等你。”

在那天晚上以后的三个月里，莫格里几乎没有走出过村子，他忙着学习人类的生活方式和生活习惯。首先，他得在身上缠一块布，这使他非常懊恼；其次，他得学习钱的事情，这他一点儿都不懂；他还得学习耕种，虽然他一点也不明白这有什么用。村里的小娃娃总惹得他非常生气。幸好，丛林法则教会了他控制自己的脾气，因为丛林里的生活和猎食都要靠冷静，但是每当他们因为他不会玩游戏或者不会放风筝，或是因为他某些字发错音而嘲笑他的时候，仅仅是因为他知道杀死这些光着身子的小娃娃是不公正的，才使他没有伸手抓起他们，把他们撕成两半。

他还没有意识到自己的力量。在丛林里，他知道自己比一些野兽弱很多，但是在村里人的眼里，他力气大得像头公牛。

莫格里也不明白人与人之间的等级差别。有一次他看到卖陶器的小贩的驴摔了一跤，滑进土坑里，莫格里拽着驴的尾巴，把它拉了上来，还帮小贩堆摆陶罐，好拉到肯西瓦拉的市场上去卖。这事让人们很吃惊，因为卖陶器的小贩是贱民，他的驴子就更加低贱了。当牧师责怪莫格里时，莫格里威胁说要把他也放到驴背上。牧师告诉梅苏亚的丈夫，最好尽快安排莫格里去干活，村里的头头告诉莫格里，第二天他得赶着水牛出去放牧。莫格里高兴极了。那天晚上，因为已经是村里的雇工，他就去参加村里的聚会了。每天晚上，人们都会聚在一块儿，坐在一棵巨大的无花果树下的石台边上。这是村里的俱乐部，村里的头头、巡夜人和剃头师傅知道村里的所有的小道消息，还有拥有一支塔尔牌步枪的老猎人布尔迪奥，在这里聚会、抽烟。一群猴子在高高的枝头唧唧咕咕地说个不停，石台底下有个小洞，住着一条蛇，因为被认为是神蛇，人们每天会给他送上一小盘牛奶。老人们围坐在树下，聊着天，抽着巨大的水烟袋，一直到深夜。他们常讲一些关于神、人和鬼的故事；布尔迪奥常会讲一些丛林里野兽的故事，听得孩子们的眼睛都快要掉出来了。鹿和野猪偷吃过他们的庄稼，老虎会在夜晚的时候叼走一个人。

莫格里对于他们谈论的一些东西自然是了解一些的，只好遮住脸，不让他们看见他在偷笑。而当布尔迪奥把枪放在膝盖上，讲着一个又一个耸人听闻的故事时，莫格里的双肩就笑得抖个不停。

这会儿，布尔迪奥正在向人们讲述叼走梅苏亚儿子的老虎是一只鬼虎，它曾被一个几年前去世的、恶毒的放债人的鬼魂附身。“我说的都是真的，”他说，“因为普让·达斯在一次暴动中，账本被烧，人也被打瘸了。而那只老虎也是瘸的，因为它留下的爪印总是一边浅一边深。”

灰胡子的老人们深信不疑地点着头：“真的，真的，那肯定是真的。”

“这些故事都是瞎编的，”莫格里说，“那只老虎是瘸的，因为它天生就是瘸的，这大家都知道。说放债人附魂到野兽身上，完全是胡乱想象出来的。”

“啊哈！这不是那个丛林男孩吗？”布尔迪奥听到竟有人不相信他的故事，而且还是个毛孩子，大为光火，说：“既然你那么聪明，最好剥下它的皮毛带到肯西瓦拉，政府正悬赏100卢比要它的命呢。不然，听长辈说话，最好别插嘴。”

莫格里早就听腻了，他站起身要走：“我都听了整个晚上，”他回头说道，“布尔迪奥说的关于丛林的事情，除了一两句，其他都不是真的。丛林可就在我们家门口呀。那么，我们要怎么相信他说他见过的关于鬼、上帝和妖精的故事呢？”

“这孩子还是乖乖去放牛的好。”村里的头头说。布尔迪奥被莫格里的顶撞弄得很不满，气得大口地抽着烟，鼻子里发出哼哼的声音。

大多数印度村庄的习惯是清晨的时候，由几个孩子赶着牛群和水牛出去放牧，晚上再把它们赶回来。这些牛群可以把一个人活活踩成肉泥，却心甘情愿地让够不着他们鼻子的孩子们指挥。只要孩子们跟着牛群，他们就很安全，因为即使是老虎也不敢冲向一群牛。但如果落在后面去采花或是捉蜥蜴，有时就会被叼走了。次日，天刚蒙蒙亮，莫格里就骑在领头牛罗玛的身上，穿过大街出发了。那些深蓝灰色的水牛，长着长长的向后弯曲的牛角、充满野性的眼睛，一个一个地从牛棚出来，跟着他。莫格里非常明确地告诉孩子们他才是头领。他用一根长长的光滑的竹竿敲打着水牛，告诉其中一个叫卡亚的小男孩，让他们自己去放牧牛群，叮嘱他们小心点，不要离开牛群，而他继续赶着水牛。

印度的牧地并不是一览无余的，而是布满了参差不齐的杂草、高高低低的灌木、奇形怪状的岩石。牛群一到里面就分散开来，不知躲藏到哪里去了。水牛总是待在池塘和泥泞的地方，他们常常一连几个小时躺在烂泥中，打打滚，晒晒太阳。莫格里把牛赶到平原边上，维冈加河就是从这里流出丛林的，然后他从罗玛的脖子上跳下，一路小跑来到一片竹林，终于看到了灰兄弟。“啊，”灰兄弟说，“我在这里等了你好多天了。这个放牛的工作是什么意思啊？”

“这是命令，”莫格里说，“我现在暂时是村里的放牛娃。最近萨克汗有什么动静吗?”

“他已经回来了，并在这儿找你很久了。现在这里猎物太少，他又去别的地方了。但他发誓会再回来杀了你的。”

“很好，”莫格里说，“他不在的时候，你或者四个狼兄弟当中的一个就坐在那块岩石上等我，这样我一出村子就能看到。他要是回来了，你们就在平原中间那棵大树下的河谷里等我。我可不想走到萨克汗嘴巴里去。”

然后莫格里挑了一块树荫，躺下来睡着了，水牛在他身边吃着草。

日复一日，莫格里带着水牛们到泥地里时，每天他都能看见灰兄弟在穿过平原一英里半的地方坐着的背影（他知道萨克汗还没有回来)。他每天躺在草地上，回忆着过去在丛林里的日子。他大多时候躺在一块干燥的岩石上睡觉，有时候用干草编制小篮子，再把蚂蚱放到里面；他也会一动不动地盯着一片泥沼，看蛇捕食青蛙。这样的日子真慵懒啊，一天似乎比很多人的一生还要漫长。

终于有一天，在那块约好的地方没有出现灰兄弟的身影，他大笑，领着水牛来到那棵大树下的河谷边。树上开满了金红色的花。狼兄弟坐在那里，身上的每一根刚毛都竖了起来。

“他到别的地方躲了一个月就为了让你放松警惕。昨晚，他和塔巴奇翻过山，在注视你的行踪。”狼兄弟喘着气说。

莫格里皱着眉说：“我不怕萨克汗，倒是要小心狡猾的塔巴奇。”

“不用怕，破晓时分我碰到塔巴奇了。当时他正在向鸢卖弄他的聪明呢，但是在我打断他的背脊之前，他把一切都告诉我了，”狼兄弟舔了舔自己的嘴巴说，“萨克汗今天晚上就要行动了，他会在村口等着你——专门等你，不是等别人。他现在正躺在维冈加那条干涸的大河谷里养精蓄锐呢。”

“他今天吃过东西了吗？还是空着肚子出来打猎的?”莫格里问，这个答案对他来说至关重要。

“早上他从村庄里偷了一头猪，吃得饱饱的，还在水田里喝了水。记住，即使是为了报仇，萨克汗也从不让自己饿肚子。”

“哦，傻瓜，真是个傻瓜！又吃又喝！他以为我会等他醒过来再动手吗！现在，他躺在哪里呢？假如我们有 10 个人，我们就可以在他睡着的时候干掉他。可这些水牛不闻到他的气味，是不会冲上去的，我又不会水牛的语言。我们能不能绕到他的后面，让水牛闻到他的味道呢？”

“萨克汗还是有一点精明的，他刚刚跳下维冈加河游了很长一段路，为的是消除自己的气味。”灰兄弟说。

“哼，肯定是塔巴奇教的。他自己还不足以想出这招。”莫格里站在那里，把手指放在嘴边，思索着。“维冈加河的大河谷通向离这里不到半英里的地方。我可以带着我的牛群绕过丛林，一直把它们带到大河谷的出口，然后横扫下来，但是萨克汗可能会从另一端鬼鬼祟祟地溜走。我们必须堵住那边的出口。灰兄弟，你能帮我把牛群分成两群吗？”

“我也许做不到，但你瞧我把谁带来了。”说着，灰兄弟快步跳进了一个洞里。然后从洞里伸出一个莫格里十分熟悉的大大的灰脑袋。炎热的空气里忽然响起了一声丛林里最凄惨的叫声——在正午猎食的狼的叫声。

“阿克拉！阿克拉！”莫格里拍着手叫道，“我早该知道你是不会忘了我的。我们现在有件重要的事情要做。阿克拉，请把牛群分成两半。母牛和小牛一堆，公牛和水牛一堆。”

两只狼旋即在牛群里穿进穿出，像跳女子连手式舞，牛群喷着鼻息，抬起头，很快被分成了两堆。一堆是母牛，她们把小牛围在中间，瞪着眼睛，脚爪蹭着地面，如果有一头狼稍稍站住一会儿，她们就准备冲上去把他踩死；另一群是成年的公牛和年轻的公牛，他们喷着鼻息，跺着脚。虽然他们的样子看上去很吓人，但实际上并没有那么可怕，因为他们不需要拼命保护小牛。两只狼干得很漂亮，就算有六个男人也没办法这么利落地把牛群分开。

“还有什么要求？”阿克拉喘着气说，“他们又要跑到一起去了。”

莫格里爬上罗玛的背。“把公牛赶到左边，阿克拉。灰兄弟，等我们走了，把母牛赶到河谷那一头去。”

“赶多远呢?”灰兄弟喘着气急促地问。

“赶到河岸高得萨克汗跳不上去的地方,”莫格里喊道,“让她们待在那儿别动直到我们下来。”随着阿克拉的叫喊声,公牛飞奔开来。灰兄弟挡在母牛前。她们向他冲过去,灰兄弟就在前头跑,引着她们向河谷里跑去,而此时阿克拉已把公牛赶到左边很远的地方。

“干得漂亮!再冲一次他们就真的跑起来了。小心点,阿克拉。再猛扑过去,公牛就要向你冲过来了。哎哟!这比赶黑公鹿有意思多了。你没有想到这些牛能跑这么快吧?”莫格里叫道。

“我以前也——也捕猎过他们,”阿克拉在扬起的尘土中喘着气说,“要我把他们赶到丛林里去吗?”

“啊!赶啊,快赶他们!罗玛已经狂怒起来了。哦,要是我会说他们的语言,我就告诉他今天需要他帮什么忙,那该多好啊!”

这回公牛被赶着转向右侧,向着高高的灌木丛猛冲过去。在半公里外带着耕牛的其他的放牛娃们看到了这一切,以为牛群发了疯,他们丢下皮鞭拼命地跑回村里,嘴里喊着这个消息。

不过,莫格里的计划很简单。他只是想在山上绕个圈,到达河谷的出口,然后带着公牛下来,把萨克汗困在公牛和母牛之间,因为他知道吃饱了喝足了的萨克汗是无法战斗的,也爬不上河谷的两岸。他用自己的声音悄悄地安慰了一下水牛,此时阿克拉已经退到水牛的后面,偶尔喊两声催促落在后面的水牛。他们绕了很大一个圈,因为不愿离河谷太近,以免惊动萨克汗。最后,莫格里把那些迷失了方向的牛群带到了河谷的出口,来到一片急转直下斜插入河谷的草地。站在那个高坡上,你可以越过树梢俯视下面的平原,但莫格里关注的是河谷的两岸,莫格里满意地看到两岸非常陡峭,几乎直上直下,还长满了纤细的藤蔓和爬山虎,一只想逃出去的老虎在上面是找不到一个立足点的。

“让他们喘喘气吧,阿克拉,”他抬起手说,“他们还没嗅到他的气味呢。现在就差萨克汗出场了。我必须告诉萨克汗谁来了。我们等着他落入我们的陷阱吧。”

他把双手拢在嘴边，冲着下面的河谷放开嗓门大喊——就像隧道的回声一样——声音从一块岩石弹到另一块岩石，迅速响彻整个山谷。

过了很长时间，远处传来一头吃饱了、刚睡醒的老虎慢吞吞、充满睡意的咆哮声。

“谁在吵啊?”萨克汗说。一只羽毛丰满的鸟吓得从河谷里拍翅飞出。

“是我，莫格里。偷牛的贼，是时候让你到会议岩去了！下去，赶他们下去，阿克拉！下去，罗玛，下去!”

牛群在斜边上停顿了一会儿，但是阿克拉吼叫起来，他们就一个接一个地飞奔下去，就像起锚的轮船破浪前行，像山洪暴发时滚滚岩石直冲下河谷，一旦跑起来了，他们就不可能停下了。他们还没跑到河谷的河床那里，罗玛就已经闻到了萨克汗的气味，吼叫了起来。

“哈！哈!”莫格里骑在他的背上，“现在你终于明白了吧!”黑色的牛角，冒着泡泡的牛鼻子，瞪起的眼睛，像一股巨大的海啸直冲下河谷。较弱的水牛被挤到河谷两边，他们拼命地扯着两边的爬山虎。他们知道眼前要做什么——面对水牛群如此疯狂的进攻，没有一只老虎能够承受得住。萨克汗听到他们雷鸣般的蹄声，便赶紧爬起身来，笨重地跑向河谷，东张西望想寻找逃跑的地方，可是河谷两岸是陡直的高坡，他无处躲避，只能继续向前，肚子里装满了沉甸甸的东西，他可一点都不想战斗。牛群冲过了他刚走过的池塘，溅起了无数的泥巴。他们不停地吼叫着，狭小的河谷里充满了回响。莫格里听到河谷另一端传来回应的吼声，看到无路可逃的萨克汗已经转过身了（萨克汗知道，如果最坏的事情发生，面对公牛总比面对带着小牛的母牛要好)，然后罗玛被什么绊了一下，但又迅速站了起来，从一个软绵绵的东西上踩过去了，其他疯狂的公牛跟在他后面，冲进了另外一群牛中。那些较弱的公牛被撞得飞离了地面。这次冲撞让两群牛都冲进了平原，他们互相用角抵着，用蹄子踏着，喘着鼻息。莫格里看准了时机，从罗玛脖子上溜了下来，左右挥舞着棍子。

“快点，阿克拉，分开他们！把他们分开，否则他们就彼此斗起来了。赶开他们，阿克拉。嘿，罗玛！嘿，嘿，嘿，孩子们！平静点，现在，平静点！一切都结束了。”

阿克拉和灰兄弟跑着，当他们想让水牛听话的时候就咬他们的腿。水牛又一次想回过头冲进河谷，莫格里设法让罗玛调转了头，于是其他牛就在他的带领下走到了泥沼里。

萨克汗不需要牛群再去践踏了，他已经被罗玛绊倒，葬身在疯狂的牛群蹄下了，鸢们早已经飞下来啄食他的肉了。

“兄弟，现在他像只死狗。”莫格里边说边摸着他的刀。自从他和人类生活在一起以后，就随身带着刀。“但是他就是不想战斗。他的皮毛放在会议岩上一定会很漂亮的。我们快点动手来干吧。”

一个在人类中间长大的孩子，做梦都不会想到会去剥掉一头 10 英尺长的老虎的皮，但是莫格里比任何人都清楚地知道动物的皮是怎么长的，又是怎么剥下来的。工作确实很费力，莫格里用刀一边砍一边扯，嘴里还哼哼着，忙了一个钟头，而两只狼崽蹲在一边看着，或是当莫格里看着他们的时候，他们会去帮他使劲拽。突然，有只手搭在他的肩膀上，原来是布尔迪奥拿着他那把塔尔牌步枪站在了他面前。放牛娃们回去告诉了村里人，水牛都吓跑了。布尔迪奥于是怒气冲冲地跑了过来，急着想教训下没有照顾好牛群的莫格里。一看到有人来了，两头狼便逃得无影无踪了。

“这是在干什么？”布尔迪奥生气地说，“你以为自己能剥下一张虎皮吗！水牛是在哪里踩死他的？原来是那只瘸腿虎啊，他的毛皮可以换来100 卢比的赏钱呢。好吧，好吧，水牛吓跑的事我就不跟你计较了，让我把虎皮拿到肯西瓦拉去，也许我会给你一个卢比的赏钱呢。”说着弯下腰，就要把虎皮抢过去。

“哼！”莫格里似乎是对自己说，边说边扯下老虎前爪的毛皮。“那么你是要带着毛皮去肯西瓦拉领赏喽，也许还会给我一个卢比？可是我自己可不这么想，这皮毛是我的，我自己有用。喂，把手拿开，老家伙！”

“小鬼，你这是在和村里的猎人首领说话吗？你杀了这头老虎全靠你的运气和水牛的蠢劲。这老虎刚把肚子吃饱了，否则他早已逃掉了。你连剥皮也剥不好，小叫花子！现在你竟然这么傲慢地同我讲话，莫格里，那你连一个卢比的赏钱也休想得到，我还要好好揍你一顿。离这张虎皮远点！”

“我以赎买我的那头公牛发誓，”莫格里说，他设法剥下老虎肩胛骨上的皮，“我必须整个中午听一只老猴子在这儿唠叨吗？这儿，阿克拉，这人烦死我了。”

布尔迪奥正想弯腰看看萨克汗的脑袋，突然发现自己被掀翻在草地上，身旁站着一头灰狼，而莫格里继续剥着皮，似乎整个印度都只有他一个人。

“好吧，”他低声说，“你是对的，布尔迪奥。你连一个小钱也不会给我。这个瘸腿虎和我有过过节——很久以前的过节，现在我赢了。”

说句公道话，如果布尔迪奥年轻10岁的话，在森林里遇到了阿克拉，也许还能碰碰运气。但布尔迪奥老了，眼前的场景把他吓坏了，一只听从男孩命令的狼！一个跟老虎有过节的孩子！他认为这是妖术，最厉害的妖术。他躺在那儿愣住了，随时等待看见莫格里也变成一只老虎。

“我伟大的王国！”终于，他用嘶哑的嗓子发出了颤抖的低喊。

“嗯。”莫格里头也没回，暗自发笑。

“我是个老头儿。我知道你不是个普通的放牛娃。我现在可以离开吗？你的仆人会把我扯成碎片吗？”

“走吧，祝你一路平安。只是，下次别再插手我的猎物。让他走吧，阿克拉。”

布尔迪奥拼了命地一瘸一拐朝村庄里跑，还不时回头瞧瞧，怕莫格里变成什么可怕的东西。他一到村子，就讲了一个他刚看到的关于魔法、妖术和巫术的故事，听得牧师脸色阴沉。

莫格里继续着他的事情，直到傍晚，他和两头狼才把整张大大的华丽的老虎皮剥了下来。“现在我们要把皮藏起来，把水牛们赶回家，帮我把水牛赶到一块，阿克拉。”

牛群在起了薄雾的暮色中聚到了一起，当他们走进村子，莫格里看到了火光，听到了号角的声音，庙宇里响起了钟声。村里一半的人在大门口等着他。“他们是来祝贺我的吧！”他对自己说。但石头如阵雨般朝他扔了过来，村民们大声喊着：“巫师！狼崽子！丛林魔鬼！快点滚吧！快滚吧，否则牧师要再次把你变回狼。开枪，布尔迪奥，开枪！”

那把破旧的塔尔牌步枪砰的一声响了，却射中了一头年轻的水牛，可怜的水牛随着一声沉闷的吼叫重重地倒在地上。

“那也是巫术！”村民们喊道，“他竟然让子弹转弯了，布尔迪奥，那是你的水牛。”

“怎么回事？他们都怎么了？”莫格里困惑着，石头却越扔越多，人群也越来越愤怒。

“你的这些人类兄弟和狼群没什么两样，”阿克拉镇静地坐下来说，“我看，石头和子弹只说明了一个问题，就是他们想把你赶走。”

“狼！狼崽子！滚吧！”牧师手里挥着一根神圣的塔尔西树枝，朝他大声地喊道。

“又一次叫我滚？上次我被驱逐是因为我是一个人，而这一次……因为我是一头狼。我们走吧，阿克拉。”

一个妇女——那是梅苏亚——从人群里跑出来，喊道：“噢，我的儿子，我的儿子！他们说你是巫师，可以把自己变成一头野兽。我不相信，但是你走吧，要不然他们真会杀死你的。布尔迪奥说你是个魔鬼，但是我知道，你为纳索的死报了仇。”

“回来，梅苏亚！”人群喊道，“回来，要不然我们也要朝你扔石头了。”

莫格里冷笑了一声，一块石头正好打在了他的嘴上。“快回去吧，梅苏亚。这是他们黄昏时在大树下编出来的又一个愚蠢无聊的故事。至少我已经为你儿子报仇了。再见了，快跑回去吧，我要把牛群赶过去，那比他们扔的石块要快多了。我不是巫师，梅苏亚，再见了。”

“现在，再来一次，阿克拉，”他喊道，“把牛群赶进去。”

水牛们也急于回到村子里，不需要阿克拉的吼叫，他们就像旋风一样冲进村子，大路上人群被冲得七零八散。

"一只一只地好好数数吧！"莫格里轻蔑地喊道，"也许我偷了其中一头呢。数清楚点，我再也不给你们放牛了。再见了，人类的孩子们，你们要感谢梅苏亚，因为她，我才没有带着我的狼在你们的街上到处捕猎你们。"

他转过身，和阿克拉一起走了。当他仰望星空时，他竟然觉得心情无比舒畅。"我不用继续睡在那个陷阱里了，阿克拉。我们去拿萨克汗的虎皮，然后离开这里。我们不能伤害这个村子，因为梅苏亚对我很好。"

月亮从平原上升起，使一切看上去都是乳白色的一片，受了惊吓的村民看到莫格里，身后跟着两头狼，头上顶着一个包裹，以狼平稳的小跑速度跑着，像一阵火烧过那样，很快地跑过了很长一段距离。于是他们把庙里的钟敲得更响了，把海螺吹得更响了。梅苏亚在那儿哭，而布尔迪奥编织着他在丛林冒险的故事，编到最后竟然说阿克拉用后脚站立，像人一样说话了。

月亮开始西沉，莫格里和两头狼来到会议岩的山上，他们先在狼妈妈的洞口前停下了。

"我回来了，妈妈。他们把我从人群中赶出来了，"莫格里喊道，"但是我带来了萨克汗的皮，实现了我的诺言。"

苍老的狼妈妈从洞里艰难地走出来，狼崽子们紧随其后，当她看到虎皮时，眼前亮了起来。

"萨克汗真是自食恶果，早在他想要你命的那天我就告诉过他，捕猎别人的，总是要被别人捕猎的。干得漂亮！"

"小兄弟，干得很好，"一个低沉的声音从灌木丛里传来，"你离开了丛林，我们都觉得很寂寞。"巴格西拉跑到莫格里跟前。他们一起爬上岩石，莫格里在阿克拉曾经坐过的那块平石上，摊开了虎皮，用四片竹子固定住。阿克拉在上面躺下来，用以前召唤开大会的声音说："瞧瞧吧，好好瞧瞧，大家！"这和莫格里第一次被带到这里时听到的呼叫声一模一样。

仿佛是出于习惯，众狼回应了那声召唤。自从阿克拉被赶下台，狼群就没有了首领，他们无所顾忌地打猎和打架。他们中间有些因为掉入陷阱而瘸了；有些中枪受伤了，走起路来一瘸一拐的；另一些吃了不干净的食物身上长满了疮疖；还有许多狼莫名其妙地失踪了。但是剩下的狼都来了，他们聚集在这座小山包上，看到萨克汗的花斑皮毛像新鲜的苔藓一样摊在岩石上，巨大的爪子在空荡荡的虎脚上晃荡。这时候，莫格里大声唱起了自己编的一首歌。他在萨克汗的皮毛上跳上跳下，发出格格的响声，用脚后跟打着拍子，直到喘不过气。灰兄弟和阿克拉也不时地在他的独唱中应着吼了几声。

“仔细瞧瞧吧，狼们。我是否遵守了诺言?”莫格里说。所有的狼齐声叫嚷:“是!”其中一头毛发凌乱的狼号叫着:

“继续做我们的首领吧，哦，阿克拉。再次做我们的领导吧，哦，人娃娃，我们厌倦了没有法律的生活。没有首领的生活让我们生活凄惨。请让我们再次成为自由的狼民吧。”

“不,”巴格西拉说，“不行。等你们吃饱了，又忘记自己说过什么了。之所以叫你们自由的狼民，不是没有原因的。你们为自由而战斗，现在自由真正属于你们了。那就享受它吧，狼们。”

“狼群把我赶出来了，现在人群也把我赶出来了,”莫格里说，“现在我要在丛林里独自狩猎了。”

“还有我们呢，我们和你一起狩猎。”四只狼崽异口同声地说。

于是从那一天起，莫格里离开那里，和四只狼崽在丛林里狩猎。但是他并不孤单，因为他有那么多的朋友和爱他的亲人。许多年后，他长大成人了，还结婚了。

不过，那是一个讲给成年人听的故事了。

六　莫格里之歌

在会议岩，莫格里站在萨克汗皮毛上跳舞时唱的歌：
莫格里之歌——

我，莫格里，站在这里歌唱，
让丛林听我吐露衷肠。

萨克汗曾经许诺说他要杀我，把我变成他口中的食粮！
黄昏时他在村边夸下海口，说一定要杀了莫格里这只小狼！

他吃饱喝足了！萨克汗，他一副心满意足的模样。
然后躺下酣睡，怀着一个永远无法实现的梦想。

灰兄弟来找我的时候，我正独自一人在牧地上彷徨。
独身老狼也来帮忙，我们一起布置了战场！

眼中燃烧着怒火的大水牛，犄角上闪烁着锋利的光芒，
他们来来回回地奔跑，全听我手上的棍棒！

还在做着美梦吧，萨克汗？醒来吧，哦，醒来吧！
我来了，身后跟着发狂的公牛群和两只狼。

粗壮的双脚践踏着地面，罗玛——水牛之王，
萨克汗你想逃往何处，维冈加的河水让你无处可藏！

伊基会打洞，孔雀玛奥会飞翔，
蝙蝠曼尼，能悬挂在树枝上。
告诉我萨克汗他要往哪里逃？快听，竹子在沙沙作响。

噢，他在那里。在那尘土飞扬的地方！
罗玛的脚下，那瘸腿的老虎一副软软的模样！
起来，萨克汗！

起来杀啊！这可是大餐啊！这些耕牛你可想独享？
起来咬啊！快去咬断公牛的脊梁！

别出声！他在睡觉。不要吵醒他——他的威力从不轻易张扬。
鸢鹰飞下来查看战况，
黑蚂蚁也纷纷过来捧场，
为了他，大家欢聚一堂。

啊呀呀！我没有穿着衣裳，
鸢鹰会看到我赤裸的模样，
怎好意思在这个时候出场？
可否借用一下你的毛皮大氅，

好让我带回会议岩，在人们面前亮一下相？

我以赎买我的那头公牛发誓——许下一个小小的愿望。
现在离兑现我的诺言就只差你的毛皮衣裳。

用刀，人类用的刀，猎人的刀儿明晃晃，
我弯下腰把我的礼物收藏。

维冈加的河水啊，萨克汗给了我最想要的宝藏。
拽啊，灰兄弟！用你的牙齿，阿克拉老狼！
萨克汗沉重的虎皮衣裳！

人群发怒了。他们向我扔着石头，像孩子一样没有教养。
我的嘴巴被他们扔的石子砸出了伤。

整个黑夜，我和我的兄弟们一起奔跑，身边滚着无边无尽的热浪。
我们远离村庄的灯光，奔向低垂的月亮。

维冈加的河水啊，人群无法将我原谅。
我有什么错呢？我没有将他们中的任何一个弄伤。

狼群啊，你们也向我袒露凶狠的模样。
丛林的大门对我关闭，村子的大门也从此对我关上。

就像曼尼在野兽和鸟类之间逛荡，
我也将在丛林和村子之间徘徊。

在萨克汗的皮毛上我欢歌热舞，但是我的心情沉重异常。
我的嘴角被村民扔的石头打到了，受了伤，
但是我又感到舒畅，
因为我又变成了丛林里的狼。

这两件事情在我心里激烈地冲突着，就像春天海水的激荡。
当我笑的时候却流下了泪水，我为什么会这样？

我很困惑，但是萨克汗的皮毛就在我的手上！

看，看！萨克汗空空的皮囊！
丛林里所有的动物光临了这个会场！
哦，自由的狼！

唉！这些令我无法理解的事情，这些奇怪的感受难以名状。
使我的心情无比惆怅。

七 白海豹

哦！安静点，宝贝，我们的尾巴上拖着长长的黑夜，
黑色的海水如同光滑的丝绸，点缀着绿色的光芒。
月亮，停在波涛之上，向我们投来温柔的目光，
看我们在起伏的浪窝里轻轻摇晃。
那是你的枕头，柔软的波浪！
自在地蜷缩着身体吧，啊，长鳍的小家伙！
不要怕鲨鱼的追赶，狂啸的风浪，
在海水的怀抱里放心睡吧！我的宝贝！

——海豹摇篮曲

所有的故事都发生在几年前一个叫做诺瓦斯图夏纳或称为东北岬的地方，诺瓦斯图夏纳位于距离伯林海很遥远的圣保罗岛上。这个故事是一个名叫林默辛的冬鹪鹩讲给我听的。那次他被猛烈的暴风雨刮到一艘开往日本的轮船的甲板上，奄奄一息。我把他救下来，带回了船舱，给他暖身子，喂养了他好几天，直到他完全康复，能够再飞回到圣保罗岛上。林默辛是一只不同寻常的小鸟，虽然古怪，但是知道如何说实话。

除非有事情要办，否则没人会经常来诺瓦斯图夏纳，经常来这里办事的是那些海豹。在夏天，数十万只海豹从冰冷、阴森的海洋来到这里，他们远涉重洋、成群结队地来到诺瓦斯图夏纳海滩，因为这里是世界上最适合海豹居住的地方。

西卡其对这些最了解不过了。每年春天，不论他当时在哪儿，总会不

假思索地笔直游向诺瓦斯图夏纳，像一艘充满力量的快艇。在那里他会花上一个月的时间和同伴打架，争夺岩石上的好地盘，越靠近海的越好。西卡其是一只 15 岁的巨大的灰色海豹，肩膀上已长着浓密厚实的鬃毛，还长着一副长长的、恶狠狠的尖牙。当他完全从地面上直立起来时足有四英尺高，他的体重，如果真有人敢称一下的话，几乎达到了 700 磅。他全身伤痕累累，都是恶战的痕迹。但他总是准备着随时再战一场。他故意把头歪向一侧，装作很害怕不敢正眼看他的敌人的样子，然后会像闪电一样突然袭击，当他的牙齿狠狠咬住另一只海豹的脖子时，那只海豹就再也别想挣脱了，因为西卡其是死活不会放开他的。

对于那些被打败的海豹，西卡其从不穷追不舍，因为那是海滩法则所不允许的。他这样热衷于打架不是为了别的，不过是想在海边找块养育小海豹的地方。但是每年春天有四五万只海豹来这里找窝，这些海豹拥挤在海滩上，为最好的地盘争斗，所以海滩上到处是可怕的啸叫声、咆哮声、怒吼声、打架声。

远处有座叫做哈奇森的小山，从那里你可以看到方圆三英里半的景色，当然在每年春天的这个时候，你所看到的肯定都是海豹们在打架的场景。从海浪里爬上来的星星点点的海豹，也正在匆忙地赶往海滩，加入到打架的行列里来。他们在浪花中打，在沙地里打，也会在磨光的用来做小海豹窝的岩石上打，因为他们和男人一样愚蠢好斗。他们的妻子们要等到五月底或六月初才上岛来，因为她们不想在男人的斗殴中被撕成碎片。那些年幼的还没开始操持家务的海豹——两三岁、三四岁的海豹们则穿过打架的队伍，再走大约半英里，然后成群结队地在沙丘上玩耍。他们被称为霍卢斯奇科（单身汉的意思）。光是在诺瓦斯图夏纳也许就有二三十万只霍卢斯奇科。

一年春天，西卡其刚好打了 45 场架，他温柔的妻子马特卡从海里爬过来，他咬住她颈部的皮，把她拎起来放在他的地盘上，生硬地说：“这么晚才来，你去哪里了？”

西卡其在海滩上的四个月里，通常不吃东西，所以他的脾气变得很坏。马特卡也知道自己最好不要还嘴。她转过身，轻轻地说：“你考虑得还真够周到的啊！又占了老地方！”

“这还用说吗？我当然应该找老地方，”西卡其发着脾气说，“你看看我的样子！”

他身上伤痕累累，至少有20处划伤正在流着血，一只眼珠都快被打得掉出来了，身上还被撕扯出一道道的伤痕。

“瞧你伤成这样！哦，你们这些男人啊，你们这些男人！”马特卡说，她用后鳍挥动着给自己扇风，“你们就不能理智一些，和和气气地解决地盘的问题吗？为什么非要打个你死我活呢？你看上去像和虎鲸打过架一样。”

“每当这个时候，海滩上都会非常拥挤，软弱的家伙就无处栖身。除了打架还能干什么呢。我碰到了至少100多只从洛卡农海滩来这里找窝的海豹，这帮家伙为什么不能待在自己的地方呢？”

“我常常想，如果我们不到这个拥挤的地方，而是到海獭岛去，我们会更快乐的。”马特卡说。

“呸！只有霍卢斯奇科才去海獭岛。如果我们也去那里，他们会以为我们害怕了。我们必须保持颜面，亲爱的。”

西卡其骄傲地把头埋在他胖胖的肩膀中间，静静地待了一会儿，假装睡了，但是他一刻也没有放松警戒，随时准备打架。现在所有海豹和他们的妻子都来到了沙滩上，在离海边几公里的地方你都可以听见他们的声音，闹哄哄的吵嚷声已经把最猛烈的狂风的吼声都掩盖了。这个海滩上少说也有100万只海豹——老海豹、海豹妈妈、小海豹和霍卢斯奇科，他们打架混战，咩咩直叫，爬来爬去，一起玩耍，成群结队地在海里游进又游出。放眼望去，海滩上躺满了黑压压的海豹。在雾气中，他们一队队地出去打架。在诺瓦斯图夏纳几乎一直都是雾蒙蒙的，只有当太阳出来的时候，一切看上去才是珍珠般明亮和五彩缤纷的。

科迪克就是在这种混乱状态中出生的，他是马特卡的孩子。像一般的小海豹那样，他的脑袋和肩膀特别大，长着水灵灵蓝莹莹的大眼睛。但是他的皮毛有些特别，使得他的妈妈禁不住要仔细地看看。

“西卡其，”她终于肯定地说道，“我们的科迪克将来会长成白色的！”

“瞎说！”西卡其哼着鼻子说，“这不可能，世界上还不曾有过白色的海豹。”

“我也没办法，”马特卡说，“但现在就要有了。”然后她低声唱起了海豹歌谣。所有的海豹妈妈为了让她们的宝宝了解本族，都会给他们唱这首歌谣。

没到六个月大以前，你都不能去游泳，
否则你会头朝下鳍朝天沉到水里；
夏天的风暴和虎鲸，
会伤害我们的小海豹们。
会伤害我们的小海豹们，亲爱的小老鼠，
他们坏透顶了；但是戏水吧，
快快长大吧，你会一帆风顺的，
大海的孩子！

刚开始的时候小家伙听不懂这些话。他跟在妈妈身边划水，爬来爬去，无忧无虑地玩耍着。他爸爸和其他海豹在光滑的岩石上翻滚、吼叫、打架时，他学会了要躲在一边。马特卡常下海觅食，两天才喂小海豹一次，那时他就会放开肚子猛吃，不知不觉中，小海豹茁壮成长起来了。

他学会的第一件事情就是往陆地深处爬，那里有几万头跟他一般大的海豹像狗一样在玩耍，或在干净的沙地上睡觉。待在窝里的老海豹们不理会他们，霍卢斯奇科也总待在自己的地盘上，所有小海豹们玩得高兴极了。

小海豹从没有下过水，所以他们还不会游泳。但他们对水充满了好奇，科迪克第一次下海游泳时，还没准备好，就被一个浪头冲到站不住的地方，他的大脑袋沉了下去，小小的后鳍就像妈妈在歌里告诉他的那样翘了起来。如果不是第二个浪头把他冲上岸，他可能已经淹死了。

从那以后，他花了两个礼拜才掌握足够的技巧使自己安全地游泳。在那段时间里，他在水里浮上浮下，有时被水呛得直咳嗽，有时爬上沙滩打个瞌睡，然后又回到水里，直到最后发现自己原来是属于水的。

他和同伴们在那些日子度过了多么美好的时光啊。他们像一群快乐的小鸭子一样一头扎进海浪底下，或者在浪花的簇拥下冲向海滩。他常常会在水面上看到一个薄薄的鱼翅，像大鲨鱼的鳍一样向海边漂过来，在海面上画出一条优美的弧线。他知道那是虎鲸格兰普斯，要是被他抓到，准会被吃了。这时，科迪克会像一支箭一样向海滩逃去，而那个鳍就慢慢漂走了，仿佛根本没在寻找什么。

到了十月，海滩上呈现出不一样的场面：海豹们开始举家或整个部落一起离开圣保罗岛游去深海。这时他们不再为抢窝而打架了，霍卢斯奇科们也可以自由地玩耍了。“明年，”马特卡对科迪克说，“你就是霍卢斯奇科了，但是今年你必须学会捕鱼。”

他们一起向太平洋出发。马特卡教他游泳的时候怎样仰面躺着，把鳍贴着身子收起来，只露出个小鼻子在水面上，这样会使他更省力，也更能感受太平洋的长波浪的温柔。没有什么样的摇篮能像太平洋摇晃的波浪那样舒服了。但这些海浪并不总是温柔的，这时科迪克会感到全身的皮肤有些刺痛，马特卡告诉他他正在学习感受“海水的味道”，学会领略海浪发出的信息，那种刺痛的感觉预示着坏天气马上就要来临，他必须努力飞快地游，离开这里。

“很快，”她说，“你就会知道该往哪儿游，但是现在我们就跟着海豚希皮格吧，因为他非常聪明。”一群海豚在水里扎着猛子，飞快地游着，小科迪克拼命地跟着他们。“你们怎么知道该往哪里游呢?”他喘着气问。海豚的首领转动着他的白眼睛，一头扎进水里。“身体会向你传达一切信息。我的尾巴有点刺痛了，年轻人，”他说，“那就是说马上就会有一场风暴。赶快！当你在‘黏糊糊的海’（他是指赤道）南面的时候，你的尾巴如果有刺痛的感觉，那就是说在你面前将会有一场风暴，所以你必须往北面去。赶快！这里的海水越来越不对劲儿了。”

这是科迪克所学的事情当中的一小件，而他总是在努力地学习新东西。马特卡教他沿着海底的沙洲追踪鳕鱼和大比目鱼，从海草丛中的洞穴里挖出三须鳕来；教他如何避开水下 100 英寻深的地方的失事船只残骸；教他在电闪雷鸣的天气里如何在浪尖上跳舞，如何有礼貌地向顺风而行的短尾巴信天翁和军舰鹰挥挥他的鳍；他还学会了如何像海豚那样，把鳍贴着身子收起，卷起尾巴，跳出水面三四英尺高；他还知道永远不要停下来看一艘小船或者是海船，特别是划艇。在接下来的六个月时间里，他每天都在学习海洋里的知识和技巧，他的鳍都没有碰过干燥的土地。

当他有一天还半梦半醒地躺在离裘·弗南德斯岛不远的温暖的海水里时，他突然觉得全身上下软弱无力、懒洋洋的，就像人们感觉到春天要来了一样，他忽然很想念 7000 英里外诺瓦斯图夏纳结实的沙滩，很想念他和同伴们一起玩游戏的时光，想念粗糙的岩石、海豹的怒吼和斗殴。就在那一刻，他转身开始平稳地向北游去。一路上，他碰到了几十个都朝同一个地方奔去的同伴，他们说：“你好啊，科迪克！今年我们是霍卢斯奇科了，我们可以在洛卡农的浪花上跳火焰舞，在新长出的草地上玩耍。你从哪里弄来的这身皮毛？”

科迪克看了看自己，他竟然没注意到自己的皮毛几乎是纯白色的了，虽然他对此感到十分骄傲，但他仅仅回答道：“快点游吧！我想陆地想得骨头都疼了。”于是他们一起回到了他们出生的海滩上，他们的父亲们在飘忽的雾气中争斗着。

当晚，科迪克跑到年轻的海豹们中间跳起了欢快的火焰舞。当他们跳起来的时候，身后留下一道闪光，波浪化成了一条条闪闪的条纹和旋涡。接着他们跑到霍卢斯奇科的地盘上，在新长出的野小麦地里滚来滚去，相互讲述着他们经历过的海上故事。他们谈起太平洋就像一群男孩子在谈论他们采坚果的小树林，如果有人能听懂他们的话，他回去一定可以画出一幅前所未有的海洋图。

他们说得正热闹，两个黑头发和扁平红脸颊的人从沙丘后面走出来。

科迪克从没见过人类，他咳嗽起来，低下了头。那些霍卢斯奇科慌忙逃开几码远，聚在一起，傻乎乎地盯着看。这两个人正是捕猎海豹的首领科力克·布特林和他的儿子帕达拉蒙。他们是从一个离小海豹窝只有半英里的村子里来的。他们正在考虑把哪些海豹赶到屠宰场去，然后把他们全部变成海豹皮外套。

“嚯!”帕达拉蒙看见了科迪克，惊奇地指着它说，“看！有一只白海豹!”

科力克·布特林脸色几乎一下全白了，尽管是不怎么干净的阿留申人，脸上蒙着一层厚厚的油烟。然后他开始双手合十祈祷起来。“别去碰他，帕达拉蒙。自打我出生以来，还从没见到过一只白海豹。说不定这是老扎哈罗夫的鬼魂。他去年在大风暴里失踪了。”

“我不会去碰他的,”帕达拉蒙说，“他不吉利。不过，你真的认为是老扎哈罗夫回来了？我还欠他几条鳕鱼呢。”

“别看他,”科力克说，“去赶那群四岁大的海豹吧。今天工人们应该剥 200 张海豹皮，我们得赶紧干活。快点!”

帕达拉蒙站在一群霍卢斯奇科面前，把手里握着的一副海豹的肩胛骨敲得格格响，这些可怜的单身汉们完全倒下一动不动，喘着粗气。等他走近一些，海豹们便开始挪动了，科力克领着他们往内陆赶去，他们默不作声地听从指令，根本没尝试过要回到他们的同伴那里。“他要把他们带去哪里?”科迪克是唯一一个问这个问题的海豹，但是没有一个同伴能回答他，他们只知道，每年的六个星期或两个月里，人们总是这样带走一批海豹的。

“我得跟在他们后面瞧瞧。”科迪克说。当他拖着步子跟着海豹群的时候，他的眼睛都要从眼眶里瞪出来了。

“看，那只白海豹跟着我们呐,”帕达拉蒙发现了身后的海豹，惊讶地说，“我还是第一次看到一只白海豹独自走向屠宰场。”

“别发出声响！嘘！别回头看,”科力克说，“天啊，那是扎哈罗夫的鬼魂！我必须得把这事告诉牧师。”

从出发的海滩到屠宰场的距离只有半公里，但是海豹们需要走上一个小时，因为科力克知道，如果海豹走得太快，他们的体温就会升高，在剥皮时，他们的毛皮就会一块一块脱落，这样的海豹皮是卖不出好价钱的。所以他们慢吞吞地走，一直走到海滩上的海豹们看不到的撒尔特家。科迪克紧随其后，喘着气，满怀好奇。他以为他已经走到世界的尽头了，但是从身后的小海豹窝传来的吼叫声仍旧那么响，像火车穿过隧道时的轰轰声。中间停脚休息的时候，科力克在一片干燥的苔藓上坐了下来，从怀里掏出一块青灰色的旧表，让海豹群休息凉快了半个小时。接着，从不远处走过来 10 到 12 个男人，每个人手里都拿着一根三四英寸长的包着铁皮的棍子。科力克跟他们低语了几声，然后把海豹群里一两只被同伴咬伤的海豹和走得太热的海豹指给他们看，他们就用沉重的大靴子把这些海豹踢到一边，然后科力克说："干吧！"那些人就以最快的速度、最凶狠的力量使劲用棍子敲打着海豹们的脑袋。

仅一眨眼的工夫，小科迪克再也无法认出他的朋友们的模样了，因为他们的皮毛从鼻子到后鳍都被撕扯开了，剥下来后，扔在地上，很快就堆成了一座小山。科迪克痛苦万分，再也看不下去了。他失魂落魄地返回大海里去了。他跑到海狮那，一头猛扎进清凉的海水里，在水里不停地颤抖着，拼命地喘着气。大海狮们坐在海浪边上。其中一只海狮瞟了他一眼生硬地问："怎么啦？"海狮通常很少主动和别人打交道。

"吓死我了！吓死我了！"科迪克说，"他们把沙滩上所有的霍卢斯奇科都杀死了！"

大海狮看了看嬉闹的海岸，"胡说八道！"他说，"你的朋友们不是好好的吗。你是不是看到了老科力克剥海豹皮的场景？他这么干都有 30 年了。"

"太恐怖了，"科迪克说道。这时一个浪打了过来，他用鳍将水推开，接着一个转身，用双鳍在离参差不齐的岩石边三英寸的地方站稳。

"干得不错！一岁的小海豹！"海狮说，他很欣赏他娴熟的游泳技术。"在你眼里，我相信这是很恐怖的事情，但是你们海豹年年来这里，人类自然会知道，除非你能找到一个人类没去过的小岛，躲过人类的屠杀，否则这样的事情就会继续发生。”

“这样的小岛真的存在吗？”科迪克问道。

“我曾经跟着大比目鱼寻找了20多年，但到目前为止还没找到。但是，假如你到海象岛找西维奇谈谈的话，他也许会告诉你些什么。别现在就急着出发，路途太长，得游上六英里呢。如果我是你，就先上岸睡一会儿，小家伙。”

科迪克点了点头，于是他游回到自己的海滩，爬上岸，睡了半小时，像其他海豹那样，他睡着的时候全身不断地抽搐着。醒来后，他就径直朝海象岛游去，海象岛是位于诺瓦斯图夏纳正东北方的一座岩石小岛，岛上都是巨大的岩石、无数的海鸥和成群居住在一起的海象。

他在离老西维奇很近的地方上了岸，西维奇是北太平洋的一头又大又丑的海象。他身材肥硕，长着粗壮的脖子，又黄又长的牙齿，对人毫无礼貌，除非他睡着了——当时他正在睡觉，臃肿的身子一半露在水面上，一半浸在咸涩的海水里。

“醒醒！”科迪克在他耳边大声地喊道。

“嗬！谁啊？”西维奇说，他用他的象牙拱了一下旁边的海象，把他弄醒了，旁边的海象又把下一头海象弄醒了，就这样，直到所有的海象都被吵醒了，他们东张西望，就是不往该看的方向看。

“嘿！是我！”科迪克喊道，他在浪花中跳上跳下，看上去像一颗闪闪发光的白珍珠。

“哎呀！上帝！请剥了我的皮吧！”西维奇说。所有的海象都朝科迪克看，场面就像在一个俱乐部里一群昏昏欲睡的老绅士看到一个小男孩的情景。科迪克那时再也不愿听到有关剥皮的任何事情，他已经看得够多了。所以他大声地喊叫着：“有没有什么地方人类从来没去过，可以让海豹去住的？”

“想知道就自己去找啊，”西维奇说完又闭上了眼睛，“走开，别打扰我们的正事儿。”

科迪克被他的态度惹生气了，他像海豚一样跳到空中，大声地嚷嚷着："吃蛤蜊的老家伙！吃蛤蜊的老家伙！"他知道西维奇终生都抓不到一条鱼，尽管他装作很吓人的样子，其实他只吃得上蛤蜊和海草。当然，那些总是在找机会欺负海象的领头鸥、三趾鸥和角嘴海雀自然立马响应了，岛上所有的居民都在起哄："吃蛤蜊的家伙！斯达力克（老家伙）！"西维奇来回扭动着身体，嘴里一边咕哝着，一边咳嗽着，窘迫不堪。

"你现在能告诉我了吧？"科迪克停止了跳跃，已经累得上气不接下气了。

"去问海牛吧，"西维奇说，"如果他还活着，他能够告诉你。"

"他长什么样？"科迪克转过身子问。

一只长着细脖子的领头鸥尖叫道："他是海里唯一比西维奇还要丑陋的家伙。"他一边在西维奇的鼻子下盘旋，一边接着喊道："更丑陋，而且更加没礼貌！"

科迪克立马赶回诺瓦斯图夏纳，那群海鸥仍在身后大声尖叫着。回到岛上，科迪克发现尽管自己尽了最大的努力去为海豹们寻找宁静的定居地，但这种想法得不到一只海豹的同情和理解。他们平淡地告诉他，人类驱赶单身海豹是人类分内的工作而已；还告诉他，如果他不想看到那些丑陋的事情，就不应该去屠宰场。但是在他们中没有一只海豹真正看到过屠杀，没有看到自己同伴遭受多么凄惨的虐待。这也是他们对这件事有不同看法的原因。而且，科迪克是只白色的海豹，异类总是会遭到排斥。

"你现在要做的事情是，"老西卡其在听完儿子所说的冒险经历后说，"快些长大，长成你爸爸这样的大海豹，并且在海滩上有个自己的小海豹窝，那时他们就不会来驱赶你了。再过五年，你应该可以自己战斗了。"即使是他温柔的妈妈马特卡也说："你永远也无法阻止屠杀，这是任何人都没办法改变的。去海里玩个够吧，科迪克！"科迪克游开了，带着一颗小小的但是沉重的心跳着火焰舞。

那年秋天，他早早地离开了海滩，独自出发了。因为在他的小脑瓜里有了一个想法，他要去寻找海牛，如果真有这种动物的话，他还要去找一个宁静的小岛，上面有可供海豹居住的坚实的沙滩，人类永远不知道这个地方。于是他独自从北太平洋游到南太平洋寻找着，最多的时候一天一夜游了300英里。他经历了数不清的险境，差点被几条鲨鱼吃掉。他遇到了所有在海里游来荡去的不值得信赖的流氓，遇到了身体笨重的但是彬彬有礼的鱼和红色的斑点扇贝。那些扇贝几百年来都住在同一个地方，为此他们还非常骄傲。但是他一直没有碰到海牛，也一直没有找到他想象中的小岛。

每次当他找到一个又好又结实的小岛，后面还有斜坡可供海豹们玩耍时，他总是会在地平线上看到冒着烟的捕鲸船，煮着鲸油，科迪克知道这意味着什么。科迪克知道人类只要来过一次，他们就会再来第二次。

科迪克花了五个季节的时间一直不停地寻找着，每年他只在诺瓦斯图夏纳海滩上休息四个月，那时单身汉们总会拿他和他理想中的海岛打趣。他去过无数的岛，在赤道附近的一个崎岖不平、很干燥的岛上他差点被烤死；在去往另一个岛的途中他遇上了电闪雷鸣的雨夹雪，差点被冻死。但是不管他到哪里，海里的居民都告诉他同样的话。海豹曾经来过，但是人类把他们全杀光了。即便当他游到太平洋外几万英里远，到了一个叫科里恩特角的地方，他仍看得到在岩石上有几百只身上长了疥疮的海豹，于是明白人类也光顾过这里了。

这让他伤心极了，他绕过了科里恩特角返回自己的海滩。途中，他在一座长满绿树的小岛上上岸，在那儿碰到了一只衰老的、已经奄奄一息的海豹。科迪克抓了些鱼给他吃，还把自己的伤心事向他倾诉。“现在，”科迪克说，“我想回诺瓦斯图夏纳了，就算和其他单身汉们一起被赶到屠宰场去，我也无所谓了。”

老海豹说：“不要轻易放弃，我的孩子，再尝试一次吧。我是已经灭绝的玛撒夫厄拉海豹家族的最后一个成员。在我们几十万只海豹被人类屠杀的日子里，海滩上流传着这样一个充满希望的传说。他说总有一天，北边会来一只勇敢的白海豹，带领海豹们找到一个安静的地方，过上没有人类屠杀的日子。我老了，恐怕活不到那一天了，但是其他海豹还有机会。

再尝试一次吧。”

科迪克高兴地翘起了自己漂亮的胡须，眼里闪现出骄傲的光芒：“这个传说难道说的是我吗？我是有史以来海滩上出生的唯一的白海豹，在海滩上，不管是黑的还是白的，我也是唯一想寻找新海岛的海豹。”

这次交谈重新鼓起了他继续寻找新海滩的勇气。那年夏天当他返回诺瓦斯图夏纳的时候，他的妈妈马特卡要求他结婚，在岛上安顿下来，因为他已经不再是小海豹了，他已经长得像他的父亲一样高大、健壮、勇猛了。“请再给我一个季节的时间，”他恳求说，“记住，妈妈，第七个浪头总是能冲到海滩最里边的。”

世界上真是无奇不有，有一只漂亮的海豹竟然答应可以等到明年再结婚，就在他最后一次探险的前夜，科迪克和她在洛卡农海滩上跳了一整夜的火焰舞。这一次，他向西面去了，跟在一大群比目鱼后面，他每天至少要吃上 100 磅鱼才能让他的身体保持良好的状态。他跟在鱼群后面一直游，直到疲倦了才停下来。于是他把身子蜷缩起来，躺在冲向科皮尔岛的波浪中睡着了。对于科皮尔岛的海岸，科迪克再熟悉不过了，午夜时分，当觉得自己被轻柔地撞向生有海草的海床时，他醒了过来：“唔，今晚的潮水可真厉害啊！”他在水下慢慢翻了个身，睁开眼睛，伸了个懒腰。但突然像猫一样蹿了起来，因为他看到水中有些庞然大物在四处游荡，咀嚼着茂密的海草丛边上的草。

“我以麦盖伦的巨浪起誓，”他在胡须底下悄声说，“那些家伙到底是深海里的什么种族啊？”科迪克轻手轻脚地向他们游近。

他们长得很奇怪，既不像海象、海狮、海豹，也不像熊、鲸、鲨、鱼、鱿鱼或者扇贝。他们有 20 到 30 英尺长，没有后鳍，但是长着一条像是用潮湿的皮革做出来的铁锹状的尾巴。他们的脑袋是你所见过的最傻头傻脑的东西。他们不吃草的时候，就在深水里用尾巴尖平衡身体，互相庄重地鞠着躬，挥动前鳍的时候就像一个大胖子在笨拙地挥胳膊。

“打扰了！”科迪克说，“打猎还顺利吗，先生们？”那些庞然大物像仆人一样用鞠躬和挥动前鳍来回答。当他们又开始吃东西时，科迪克发现他们的上嘴唇分成两片，那两片上唇可以分开一英尺宽，当从裂口里放进大量的海草，两片上唇还可以合上。他们把食物一起塞进嘴里，然后认真满足地咀嚼着。

“那种吃法真是脏。”科迪克说道。他们又开始鞠躬了，科迪克已经失去耐心了。“很好，”他说，“即便是你们的前鳍比别人多出一节，也不用那样炫耀吧。你们鞠躬的姿势是很优雅，但无论如何，我还是很想知道你们的名字。”裂开的上唇蠕动着，他们的绿色眼睛瞪着他，但没有说话。

“好吧！”科迪克说，“你们真的是比西维奇还要丑陋，而且更加没有礼貌。”

突然，他想起了在他一岁的时候，在海象岛上领头鸥对他尖叫的那些话。难道他们就是海牛？科迪克跌跌撞撞地回到海里，因为他知道他终于找到了海牛。

海牛们继续吃海草。科迪克激动得鳍尖都颤抖起来了。他用他在旅行途中学会的各种动物的语言向他们提问，但是海牛们一句也没有回答，因为他们根本不会说话。他们的脖子本来应该有七块骨头，但实际上只有六块，据说在海底，他们甚至无法与同伴交流。但是，他们的前鳍比别人多出一块肉，他们总是通过将前鳍上下左右地挥舞，来同别人交流。

天亮时，科迪克已经放弃向他们提问的念头了。海牛开始慢慢往北走了，还不时地停下来互相笨拙地鞠躬不知在商量些什么。科迪克跟在他们后面，自言自语道：“像他们这些笨蛋如果没有找到安全的海岛的话，一定早被杀光了。他们现在相安无事，那说明他们一定有很好的地方。对海牛来说够好的地方，对海豹来说一定也够好了。我得看看他们在什么地方落脚。不过，我真希望他们能快点赶到他们住的地方。”

对科迪克来说，跟在海牛后面可是件令人十分厌倦的事情，因为海牛一天最多走四五十英里，晚上还要停下来吃草，并一直会贴着海岸活动，不论科迪克在他们上头游，还是在他们身下游，都没有办法让他们走快半英里路。他们往北面越走越远，每过几个小时就会互相鞠着躬商量一番。

科迪克快被他们折磨疯了。可后来他发现他们并不是盲目行走的，而是在追随一股暖流，这才增加了对他们的尊敬。

终于有一天晚上，他们沉入水中——像石头一样沉了下去，然后开始迅速游动——自从他认识海牛以来，还是第一次看到他们游得这么快。科迪克跟在后面，海牛的速度让他很惊讶，他从没想到海牛会是游泳健将。他们朝着海边的一个峭壁游去，峭壁插入深水处，他们钻进了悬崖底部的一个距水面有 20 英尺的黑洞里。他们在黑洞里游了很久很久，科迪克真希望快点钻出那黑暗的隧道，呼吸呼吸新鲜空气。

“天哪！”当他从隧道另一端钻出来时，他站起了身，呼呼地喘着粗气。“这次潜水真够长的，不过还真值得。”

过了隧道以后，海牛们悠闲地四散开来了，在科迪克见过的最棒的海滩边缘懒散地吃着草。放眼望去，几英里内都是光滑的岩石，非常适合做小海豹窝，岩石后面是一片延伸到内陆的坚硬的沙地，可以用来做海豹的游乐场，层层卷浪轻舔着沙地，是海豹们再好不过的舞场了，宽阔茂密的草地可供海豹们在里面随意打滚，还有可以让海豹随意爬上爬下的沙丘。最重要的是，科迪克凭他对海水的感觉，这瞒不了一头真正的海豹，他知道从来没有人类来过这里。

他做的第一件事情就是确定这里可以捕到大量的鱼，然后他沿着海滩一路游去，数着那令人愉快的一座座低矮的沙丘的数量，一半的沙丘都在美丽的薄雾里若隐若现。北面出海的地方是一排沙洲、浅滩和暗礁，这让距海滩六英里之内的船根本无法进来，在大陆和小群岛之间是一片深水，一直延伸到悬崖那儿，而悬崖底部的某个地方就是隧道的入口。

“这儿真美啊！简直就是另外一个诺瓦斯图夏纳，但是比那又好上十倍，”科迪克说，“海牛远比我想象的聪明。人类不能从悬崖上下来，即使那里有人类的话；这里的岩石能把船都撞得粉碎。如果说大海里还有什么地方是安全的，那只能是这了。”

他开始想念那些留在诺瓦斯图夏纳的海豹，虽然他急于快点赶回去，但还是彻底地勘探了这块新天地，了解了所有的地形，以便回去可以回答所有可能被提出的问题。

做完这些事情后他潜到水里，找到了隧道入口的位置，然后快速地穿过隧道往南游去。除了海牛和他，没人知道还有这样的地方存在。当回头再看那段悬崖的时候，他自己也无法相信他曾经从那底下游过去。

尽管他已经游得很快了，但还是花了整整六天的时间才游回了家。当他游到了海狮颈时，最先看到的就是一直在等他的那头海豹，她从他的眼神中看出他终于找到了海岛。

他立即将他遇到的事情、看到的小岛统统告诉霍卢斯奇科、爸爸西卡其和其他所有的海豹，但是他们听了都嘲笑他。一头和他年纪相仿的年轻海豹说："你说的那个地方很美妙，科迪克，可是你不能从一个没人知道的地方跑回来，就要求我们放弃这里的一切跟你离开。记住，我们一直为小海豹窝而不停地战斗，你可从来不曾做过这种事情。你更喜欢在海里游荡徘徊。"

其他海豹也跟着笑，那头年轻的海豹开始左右摇晃起脑袋。那一年他也才刚结婚，所以非常重视这件事。

"你说对很对，还没有小海豹窝需要我战斗，"科迪克说，"我只想带领你们去一个安全的地方。打架能解决所有问题吗?"

"哦，如果你打算退出争夺的话，我当然就无话可说了。"年轻的海豹冷笑着说。

"看来事情不这样不行了，说吧，如果我打赢了，你就会跟我去吗?"科迪克问道，他的眼里闪过一道绿色的光芒，为不得不打架而感到十分生气。

"好吧，"年轻的海豹漫不经心地说，"如果你赢了，我就去。"

他没时间改变主意了，因为科迪克的脑袋已经迅速探出，他的牙齿深深咬进年轻的海豹脖子上的那块赘肉里了。然后他往后一仰坐在后鳍上，把他的对手拖到沙滩上，掀翻在地。然后科迪克对着其他海豹怒吼："为了你们，过去的五个季节里，我一直尽我所能努力地找海岛。今天，我已找到了保证你们安全的海岛，但是你们宁愿把自己的脑袋从愚蠢的脖子上被拽下来，也不相信我的话。我要给你们点教训。你们自己小心点！”

林默辛告诉我说他每年都见到上万头大海豹打架，但在他短短的一生中，他从没见过像科迪克这样单独向海豹窝发起进攻的。科迪克扑向他能找到的最大个子的海豹，咬住他的脖子让他透不过气，一阵雨点般的拳打脚踢让对方大叫饶命，然后把他甩到一边，再进攻下一个。你知道，科迪克从来不像其他大海豹那样每年禁食四个月。他在深海里的游行也让他的身体保持完美的状态。最重要的是，他以前从来没有打过架。卷曲的白鬃毛气得竖立了起来，眼睛里燃烧着火焰，大犬牙闪闪发亮，他看上去威风凛凛。他的爸爸老西卡其看着他飞奔过去，把灰色的老海豹们像鱼一样拽来拽去，把年轻的霍卢斯奇科都撞得东倒西歪，他怒吼了一声，喊道：“他也许傻头傻脑，但他是海豹群里最棒的勇士！别进攻你的父亲，我的儿子！他是站在你这边的！”

科迪克吼了一声作为回答，老西卡其摇摇摆摆地走过去，胡子都竖了起来，吼得像一个火车头。而马特卡和准备嫁给科迪克的那只海豹退到一旁，欣赏着他们的男人。这是一场精彩的战斗，因为他们两个一直打到没有一只海豹敢把头抬起来。然后他们肩并肩、大摇大摆地在海滩上走来走去，吼叫着。

晚上，当北极光在雾气中一闪一闪发亮的时候，科迪克爬上一块光秃秃的岩石，看着下面乱七八糟的小海豹窝和被咬得遍体鳞伤流着血的海豹们，“现在，”他说，“我已经给你们教训了。”

“我的天哪！”老西卡其说，他费力地撑起身体，因为他伤得也很厉害。“虎鲸也不能把他们伤得再厉害了。儿子，我为你骄傲，而且，我要跟你到你的海岛上去——如果真的有这么一个地方。”

“你们听着，海里的肥猪们。谁要跟着我去海牛的坑道？回答，否则我会再教训你们的。”科迪克咆哮着说。

响起了一片细语声，就像海滩上潮水拍岸的涟漪。“我们跟你去，”成千上万个疲倦的声音说，“我们会跟随白海豹科迪克的。”

然后科迪克把脑袋埋在肩膀里，骄傲地闭上了眼睛。他不再是一头白海豹了，从头到尾都是红色的。即便这样，他也不屑于看一眼，或者舔一舔自己的伤口。

一个星期以后，他和他的部队（大约一万多只霍卢斯奇科和老海豹）往北出发去海牛的坑道，科迪克带领着他们，而那些留在诺瓦斯图夏纳的海豹称他们为白痴。第二年春天的时候，当所有的海豹在太平洋捕鱼区碰面的时候，科迪克的海豹们讲述着在海牛坑道那里的新海滩的故事，于是有更多的海豹离开了诺瓦斯图夏纳和洛卡农以及其他海豹窝，到那块宁静的、隐蔽的海滩去。科迪克每年夏天都坐在沙滩上，一年年变得更大、更胖、更壮。霍卢斯奇科们在他的身边玩耍，在人类没有到过的海里玩耍。

八 洛卡农

这是一曲优美的深海之歌，圣保罗岛所有的海豹们在每年夏天返回海滩的路上都会唱。那是一首非常忧伤的歌，一首属于海豹的族歌。

我在清晨遇到了我的伙伴们（哦，但我已经老了），
岩石上传来吼叫的声音，伴随着夏日滚滚的海浪，
我听到了他们欢快的歌声，大得淹没了海浪，
洛卡农的沙滩啊——两百万个声音在为你呐喊。

盐水湖边的海豹窝传来轻轻的吟唱，
沙丘上的海豹们传来嬉笑打闹的吵嚷，
海洋迸发的热情就像一支深夜舞曲，
洛卡农的沙滩——放纵到天亮吧，在海豹猎人到来之前！

我在清晨遇到了我的伙伴们（却再没有见到过他们），
他们成群结队，将海滩变得黑压压一片！
洪亮的歌声穿越海浪直达对岸，
我们拍手歌唱，热情欢迎他们来到沙滩。

洛卡农的海滩啊——冬季的小麦长得如此高了——
海雾笼罩着一切，连海滩上大片苔藓都滴着露水！
游乐场被冲刷一新，它闪闪发光，又非常光滑！

洛卡农的海滩啊——这是我们出生的家园！

我在清晨遇到了我的伙伴们，他们伤痕累累、踉踉跄跄。
人类在水中射杀我们，在陆地上击打我们；
像对待愚昧的母羊和羊羔一样，
把我们赶到撒尔特府邸，
洛卡农的海滩啊，我们仍在吟唱——在海豹猎人到来之前！

往南去吧，我们往南去吧！就是这样，去古维卢斯卡！
让深海里的居民知道我们的不幸。
海浪一遍遍袭向海岸，留下空旷的沙滩——像光秃秃的鲨鱼蛋，
洛卡农的海滩啊——海豹们的身影将永远不再出现！

九 “里基—蒂基—塔维”

他钻进了洞里，
“红眼睛”召唤着“皱皮肤”。
小“红眼睛”这样说道：
“纳格，起来和死亡跳舞吧！”

眼对着眼，头对着头，
（跟上拍子，纳格。）
只有一方死去，舞蹈才会完结。
（悉听尊便，纳格。）
我转你也转，我扭你也扭。
（你快跑掉躲起来，纳格。）
哈！死亡没有击中戴头罩的！
（不幸要降临了，纳格！）

这个故事讲述的是里基—蒂基—塔维的英勇事迹，他在塞戈里营地一幢孟加拉式平房的浴室里，单枪匹马进行了一次伟大的战役。长尾缝叶莺达齐帮助了他，从来都只敢沿着墙边跑，不敢走到房间中央的麝鼠丘查德给他提了些建议，但是真正战斗的只有里基—蒂基—塔维一个人。

他是一只皮毛和尾巴像猫，头部和习惯却像黄鼠狼的獴。他骨碌直转的眼睛和永不安宁的鼻子顶端都是粉红色的。只要他高兴，他会用任何一条腿，不管前腿还是后腿，抓身上的任何一个地方。他也会舒展开他柔软的尾巴，把它变得像一把刷瓶子的刷子。他在草丛里飞奔会发出短促有力的战斗口号：“里基—蒂基—蒂基—蒂基—恰克”。

一天，夏季的一场大洪水把他和父母居住的地洞彻底淹没了。他踢着腿，咯咯叫着，洪水把他冲到了路边的沟里。危急中他紧紧地抱住漂在水面上的一小簇草，直到失去知觉。等他恢复了意识，发现烈日高高挂在天上，自己则已经躺在一条花园小径的中央，全身又脏又湿，毛发一缕一缕地裹在身上。一个小男孩看着他说：“这里有只死獴，让我们来为他举行葬礼吧。”

“等一下，”他妈妈说，“也许他还没死呢。我们把他带到屋里去，把他擦干。”

他被带进了屋里，一个高大的男人用两根指头把他拎起来，仔细看了他一会儿，说他活着，只是被水呛了。于是他们用棉絮把他裹起来，放在小火旁让他暖和身子。慢慢地他睁开了眼睛，打了个喷嚏。

“现在，”这个高大的男人说（他是刚刚搬进这个营地的英国人），“别吓到他，我们看看他要做什么。”三个人一动不动地盯着这个小生物。

世界上最困难的事情恐怕就是想吓倒一只獴了，因为他身上的每一个细胞都充满了好奇，是天生的冒险家。所有的獴家族的座右铭是：“快去瞧瞧发生了什么。”而里基—蒂基是只地地道道的獴。他看了下身边的棉絮，认为这恐怕不会好吃，于是围着桌子转了一圈，然后坐下来认真整理自己的皮毛，又抓了抓痒，然后跳到了小男孩的肩膀上。

“别害怕，宝贝，”他爸爸说，“那是他表达友好的方式。”

“哎哟！他弄得我下巴很痒啊！”特迪说。

里基—蒂基在男孩的领口和脖子间瞅了瞅，又嗅了嗅他的耳朵，然后顺着男孩的胳膊爬下来，开始坐在地板上揉鼻子。

“天哪，”特迪的妈妈充满好奇地说，“这就是野生动物啊！比我想象中的要听话，我想是因为我们对他很友好的缘故吧。”

“所有的獴都是这样的，”她丈夫说，“如果特迪不捏着他的尾巴把他拎起来，也不把他关在笼子里，他会整天在屋子里跑来跑去的，他们喜欢这样。让我们给他弄点东西吃。”

他们给他切了一小块生肉，里基—蒂基旁若无人地把它吃完了。然后他跑到外面的走廊里，仰面躺在夏日的阳光下，摊开了他的皮毛让自己彻底晒干，他觉得舒服多了。

“这个屋子里有很多有意思的东西，”他心想，“比我们一家人一辈子能看到的东西还要多。我要留下来，探个究竟。”

他对一切都心存好奇，整天就在屋子里跑来跑去。他想在浴缸里滑翔，结果险些淹死在浴缸里；把鼻子放在写字台的墨水里想看看写字是怎么回事，粉色的鼻子被染成了一块小黑炭；他爬到那个高大的男人的大腿上，结果鼻子被男人的雪茄烟头烫着了。晚上，他跑到特迪的房间看煤油灯是怎么点燃的。特迪上床睡觉，里基—蒂基也跟着爬了上去。但他是个一分钟也不肯安静的家伙，因为只要听到一点动静，他就爬起来看个究竟。特迪的爸爸妈妈睡前来看特迪，这时里基—蒂基正醒着躺在枕头旁。特迪的妈妈说：“我不喜欢那样，他可能会咬到孩子的。”“他不会这么做的，”爸爸说，“如果有条蛇爬进来的话，特迪和这个小东西在一起会很安全，比和一头大猎犬在一起还安全……”

特迪妈妈不相信真会发生如此可怕的事情。

早晨，里基—蒂基和特迪一起起了床，他骑在特迪的脖子上到走廊吃早饭，他们喂了他香蕉和一些煮蛋。他一会儿坐在爸爸的腿上吃，一会儿又跑到妈妈的腿上，其实，每一只有良好教养的獴都希望有一天成为一只家养的獴，可以在人类的房间里自由地跑进跑出，这是作为一只獴的最高荣誉。里基—蒂基的妈妈曾住在塞戈里营地的将军家里，她充满骄傲地跟他讲过那段经历的每一个细节，告诉他碰到白人该怎么做。

吃完早餐，里基—蒂基跑到外面的花园里，想看看有什么好玩的东西。这是个大花园，只有一半的面积种上了灌木，有像花园凉亭那么大的元帅尼尔玫瑰，有挂满果实的酸橙树和橘树，还有纤细的竹丛和一丛丛茂盛的青草。“这是个多么好的打猎的地方啊！”里基—蒂基舔了舔嘴巴。他一想到这个，尾巴就像瓶刷子一样蓬开。他在花园里乱转着，这儿嗅嗅，那儿闻闻，心情好极了，直到他听到荆棘丛里传来悲伤的哭声。

那是长尾缝叶莺达齐和他的妻子。他们本来把两片大叶子合在一起，用细枝把叶子边上缝起来做成了一个漂亮的鸟巢，还在里面放上棉絮和松软的绒毛。但现在鸟巢在空中荡来荡去，他们坐在边上哭。

“你们为什么哭啊?”里基—蒂基问。

“我们太不幸了，”达齐说，“昨天，我们的一个孩子从鸟巢里掉了下去，被纳格吃掉了。”

“唔，”里基—蒂基说，“那真是很惨——但是我刚到这儿，谁是纳格啊?”

达齐和他的妻子没有应答，只是突然飞到鸟巢里，把身子蜷缩在里面。原来灌木丛下茂密的草丛里传来一个低沉的嘶嘶声——这个可怕的声音让里基—蒂基往后整整跳了两英尺。然后大黑眼镜蛇纳格的脑袋和它展开的颈部皮褶从草丛里一点一点地抬起来。他从舌头到尾巴总共有五英尺长。他把三分之一的身体抬离了地面，就像风中的蒲公英一样保持着平衡。他用邪恶的蛇眼看着里基—蒂基。蛇的表情总是一成不变的，不管他在想什么。

“谁是纳格?”他说，“现在该明白了吧，哼哼我就是。当一条眼镜蛇展开脖子上的皮褶为正在睡觉的神梵天遮挡太阳的时候，伟大的梵天就在我们的身上留下了他的记号。看，别害怕!”

他把皮褶展开得更大了。里基—蒂基看到了他背上像风纪扣的扣眼一样的眼镜记号。他有点害怕了，但让一只獴长时间害怕是不可能的。虽然里基—蒂基从没见过活的眼镜蛇，但他妈妈用死的眼镜蛇喂过他，而且他知道獴的一生最主要的事情就是和蛇战斗，并吃掉蛇。纳格当然也知道这点，所以现在在他冰冷的内心深处，还是有点害怕的。

“好吧，”里基—蒂基鼓足勇气说，他的尾巴又一次蓬开了，“不管有没有记号，吃掉一只掉到鸟巢外面的小鸟，你不觉得羞愧吗?”

纳格正在心里想着对策，注意着里基—蒂基的任何一个微小动作。他知道花园里有獴意味着他和他的家族迟早得遭殃，但是他想让里基—蒂基放松警惕。所以他低下头，把头弯向一边。

“我们好好谈谈，”他说，“你可以吃鸡蛋，为什么我就不能吃鸟呢？”

“身后！小心你身后！”达齐突然朝里基—蒂基叫道。

里基—蒂基凭他与生俱来的本能感到了身后的危险，他没有回头看，却下意识地高高跳了起来，纳加娜——纳格邪恶的妻子——的脑袋从他的身下嗖地扫过。她在纳格说话的时候悄悄地爬到獴身后，想结束他的性命。他听到了她一击没打中后发出的恶毒的咝咝声。他跳下来，几乎就跳在她的背上，如果他是只经验丰富的老獴的话，他就会知道这时是一口咬断她的背的最佳时机，但他害怕眼镜蛇会狠狠地回击他。他的确咬了，但是咬的时间不够长也不够狠。他跳着躲过了横扫过来的尾巴，被咬伤的纳加娜暴跳如雷。

“坏蛋，该死的达齐！”纳格叫道，抬起尾巴向着荆棘丛里的鸟巢用力扫去。但是达齐把鸟巢筑在蛇够不到的地方，因此躲过了这一劫，鸟巢只是在空中摇晃着。

里基—蒂基的眼睛变红了（当一只獴的眼睛变红时，表明他生气了），他像袋鼠那样坐在自己的尾巴和后腿上，看着周围，发出生气的咕咕声。此时纳格和纳加娜已快速消失在草丛里了。当一条蛇没击中目标时，他不会说什么，也不会表明他下一步打算做什么，他们总是面无表情，举止冷淡。因为不确定是否能一次应付两条蛇，里基—蒂基就没再去追他们。他跑到屋子旁的砾石路上，坐下来思考如何应付这个重大的事情。

一些科普读物中经常有这么个说法，当獴和蛇打斗被咬伤时，他会跑去吃些药草来治疗，但那不是真的。要获胜，关键是眼疾脚快——蛇的攻击比拼獴的跳跃——因为当蛇攻击的时候，没有什么眼睛能跟上蛇头的运动，这比神奇的草药更加令人惊叹。里基—蒂基知道自己只是只经验不足的小獴，一想到自己躲过了蛇来自身后的一次猛击，他就开心不已。这让他信心倍增。所以当特迪跑过来时，里基—蒂基准备好接受他的爱抚了。

当特迪靠近他时，他觉察到旁边尘土里有个东西扭动了一下，一个微小的声音说："小心，我是死神！"那是卡拉特，一种喜欢在尘土里生活、身上总是沾满灰尘的棕色小蛇。他和眼镜蛇一样危险。由于他身躯娇小的缘故，因此没人注意到他，所以他对人类来说更危险。

里基—蒂基的眼睛又一次变红了，他以从他们家族继承来的独特的晃动摇摆姿势跳向卡拉特。这看上去很滑稽，但是这种很平衡的步伐，可以让他从任何方向跳出去。对付一条蛇，这是一个有利条件。不过里基—蒂基不知道，他正在做一件比和纳格决斗要更危险的事情。因为卡拉特太小了，而且转身很迅速，除非里基能在他靠近头部的地方准确地、狠狠地咬一口，否则一旦让他有机会反击，那就大事不妙了。但是里基并不清楚这一切。他的眼睛通红，他左右晃动着，一心想寻找一个合适的地方下口。卡拉特猛地出击了。里基跳到一边，准备短兵相接进行搏斗。卡拉特邪恶的、布满灰尘的灰脑袋突然朝他袭去，离他的肩膀只差了一点点。他不得不一跃跳过，蛇头紧紧追着他的脚后跟。

特迪在短短的时间内目睹了这场激烈的战斗，他朝屋里大声呼喊："哦，爸爸，妈妈！瞧这里！我们的獴正在对付一条蛇。"随即特迪的妈妈发出一声尖叫。特迪的爸爸拿着棍子跑了出来，等他跑到时，卡拉特由于一击击得太远，里基—蒂基已经跃起跳到蛇背上，把头在两条前腿中间低下，在他抓住的靠近头部的蛇背上大咬一口，然后滚到一边。那一口咬得卡拉特当下死去。里基—蒂基正要按照他们家族进食的习惯，从蛇尾巴开始吃。突然他想起，一顿饱餐会使獴的行动变缓慢，如果他想保持力量和敏捷，就必须保持苗条。

他跑开去在蓖麻油树下享受了一下泥土浴，而特迪的爸爸还在鞭打死了的卡拉特。"那有什么用啊？"里基—蒂基想，"我都已经把他解决了。"然后特迪的妈妈把他从泥土中抱起来，搂着他哭着说，是他救了特迪的命。特迪的爸爸说他是上天派来的，而特迪则惊恐地瞪大了眼睛看着这一切。里基—蒂基对他们的大惊小怪感到很可笑，当然，他不理解这是怎么回事。特迪的妈妈也许也会因为特迪在泥土里玩而爱抚地拍拍他。里基在这里玩得高兴极了。

吃晚饭时，他在桌子上的餐盘和酒杯间窜来窜去。只要他愿意他就可以用这些好吃的东西把自己塞得满满的。得到特迪母亲的轻拍和爱抚让他很自豪，坐在特迪的肩膀上也让他很开心，但是一想到纳格和纳加娜，他的眼睛就变红了，然后爆发出长长的充满敌意的号叫：“里基—蒂基—蒂基—蒂基—恰克！”

晚上睡觉的时候，特迪把他抱到床上，非要里基—蒂基睡在他下巴底下。里基—蒂基有良好的教养，他从来不咬人，不抓人。但是特迪一睡着，他就起来在屋子里散步，像例行公事一样。在黑暗中，他碰到了正在墙边蹑手蹑脚地走来走去的麝鼠丘查德。丘查德是一只伤心的小野兽。他整夜呜咽着，吱吱叫，虽下定决心跑到房间中央，但从来没到过那里。

“别杀我，”丘查德说，瑟缩在墙角里，几乎是带着哭腔，“里基—蒂基，别杀我！”

“一个捕蛇者怎会杀麝鼠？”里基—蒂基轻蔑地说。

“杀蛇的人总有一天会被蛇杀死的，”丘查德更加悲伤地说，“而且我无法确定纳格不会在黑夜里错把我当成你呢！”

“不会发生这样的事情，”里基—蒂基说，“纳格是在花园里的，而我知道你从不去那里。”

“我的堂兄老鼠丘阿告诉我……”丘查德说了一半突然又停下来，脑袋四处打探。

“告诉你什么？”

“嘘！纳格无处不在”，丘查德把一根手指挡在嘴边，把声音压到最低，“里基—蒂基，你应该和花园里的丘阿谈谈。”

“我从没和他交谈过，所以你得告诉我。快点，丘查德，否则我要咬你了。”

丘查德坐下哭起来，不一会儿，眼泪顺着胡须落下来。“我是个可怜虫，”他哭着说，“我从没有足够的勇气跑到房间中央去。嘘！我不该告诉你这些。你听见了吗，里基—蒂基？”

“安静会儿”，里基—蒂基竖着耳朵倾听。房间里一片寂静，忽然他觉得他听到了世界上最微弱的沙沙声，声音小得像黄蜂在窗玻璃上爬，不仔细听是怎么也听不到的。“是蛇的鳞片蹭到砖墙上的沙沙声。”里基想。

“是纳格，或是纳加娜，”他自言自语地说，“他正在浴室的下水道里爬着。这个狡猾的家伙又要干什么坏事了？你是对的，丘查德，我该去和丘阿谈谈。”

他掂着脚尖跑到特迪的浴室里，但是没发现任何异常，接着跑到特迪妈妈的浴室里。在光滑的灰泥墙墙角上，缺少了一块砖头，被用做浴室放水的下水管道的出口。当里基—蒂基悄悄地溜进浴室，走到放澡盆的砖石槽旁边时，他听到了纳格和纳加娜在外面月光下的窃窃私语。

“当这个屋子没有人住的时候，”纳加娜对她丈夫说，“他就会离开这里了，然后花园就是我们的天下了。悄悄地溜进去，记住，先咬死杀卡拉特的高大男人。然后我们俩一起去猎杀里基—蒂基。”

“一定要把人杀死吗？这对我们有什么好处吗？”纳格说。

“当然有很多好处了！以前平房里没人的时候，我们会在花园里碰到獴吗？如果房间变成空的，整个花园就是我们说了算啦。别忘了，等我们瓜地里的蛋孵出来（可能明天他们就孵化出来了），我们就需要更大的空间。孩子们需要一个安全的活动场所，也需要安静。”

“我还没想到这些，”纳格说，“亲爱的，你想的真周到。好的，我去，但是我们不用杀了里基—蒂基。如果可以，我会杀了那个高大的男人和他的妻子，还有他们的孩子。这样房间就不会有人住了，里基—蒂基也自然会离开的。”

里基—蒂基听到这个秘密计划，又气又恨，浑身发抖，他看到纳格的脑袋从下水道里缓缓伸出来，紧跟着是他五英尺长的冰冷光滑的身体。尽管里基很生气，但当他看到眼镜蛇巨大的身躯时，心里还是有些发憷。纳格蜷缩着身体，抬着头，在漆黑的夜里看着浴室，里基能看到他闪闪发着光的眼睛。

“如果我现在就杀了他，纳加娜马上会听到动静赶来帮忙——同时对付两只蛇可不是什么好主意；如果我在开阔的空地上跟他打，很有可能他就占了优势。我该怎么做呢?”里基—蒂基—塔维心想。

纳格的身子在地上摆来摆去，接着里基—蒂基听到他在喝用来给澡盆里添水的大水罐里的水。“很好，”蛇说，“卡拉特死的时候，高大的男人手里拿着棍子。但是他明早进来洗澡时，一定不会带棍子，谁会在洗澡的时候拿着武器呢。我就在这等着袭击他。纳加娜，你听到没有?我要找个凉快的地方等到天亮。”

外面没有回应，所以里基—蒂基知道纳加娜已经走了。纳格把自己在大水罐底部凸出的地方一圈一圈地盘起来，而里基—蒂基待在那里一动不动，像死了一样不发出一点声息。过了一小时，纳格睡着了，里基开始一点点向水罐移去。里基—蒂基盯着他大大的后背，思索着从哪里下口最适合。

“如果第一次跳起来我没能咬断他的背，”里基说，“他就会立即反抗。如果他还能反抗……哦，里基!”他看着眼镜蛇颈部皮褶下的粗脖子，这对他来说实在有些困难了。如果一口咬在靠近尾巴的地方，那只会让他越发疯狂。

“一定是头部”，他终于想到了，“颈部皮褶上面的头部。而且一旦我咬住了，就绝不会轻易地松口的。”

头部就在离开水罐一点点的地方，在水罐颈部弯曲的地方下面。里基跳了起来，当他落地的时候他正好落在蛇的脑袋上，他的背正好靠在红色陶器凸起的地方，这样在他用牙齿咬住蛇头的时候，他就能把后背抵在厚实的陶器上用力。这只给了他一秒钟的时间，事实上他也充分地利用了这一秒。然后他就像被狗在地板上甩来甩去的老鼠，被来来回回、上上下下地转着圈。此时他的眼睛红了，死死咬住不松口。蛇身在地板上不停地鞭打着地面，把周围的锡勺、肥皂盒和洗澡刷都打翻了，还撞到了澡盆的锡边上。他咬住眼镜蛇的时候，越咬越紧，因为他觉得自己一定会被撞死的，为了家族的荣誉，他希望即使坚持到死也不松口。他觉得头晕目眩，浑身疼痛，整个身体好像被摇得散了架。这一刻，他身后响起了一声晴天霹雳般的巨响。一阵热风让他失去了知觉，红色的火焰烧焦了他的皮毛。

原来那个高大的男人被吵醒了，用双管猎枪对着纳格颈部的皮褶开了一枪。

里基—蒂基紧闭双眼，依旧死死地咬着，因为他认为自己可能要死了。但是蛇头不动了，他也没有再被蛇甩离地面。高个子男人把他抱起来说："看呐，又是獴，艾丽丝。这个小家伙救了我们的命。"

特迪的妈妈走进来，惊恐地看了看纳格的尸体。里基—蒂基艰难地走回特迪的卧室里，后半夜他一直不停地轻轻地晃着身体，看看他是不是像自己想象的那样，已被摇成了 40 块残片。

第二天清晨起来，他的全身还是疼痛无比，但是一想起昨晚的事里基还是很开心。"现在我只剩下纳加娜要对付了，她可比五个纳格还要难对付，而且也不知道她的蛋什么时候孵出来。天哪，我必须去见见达齐。"他说。

还没吃完早饭，他就跑到荆棘丛，达齐正在枝头上高声地唱着胜利之歌。纳格死了的消息已传遍整个花园，因为大家看到清洁工把他的尸体丢到了垃圾堆上。

"哦，你这个全身长满羽毛的笨蛋!"里基—蒂基生气地说，"现在是唱歌的时候吗?"

"纳格死了！死了！死了!"达齐兴高采烈地唱道，"勇敢的里基—蒂基紧紧地咬着他的头，死也不松口。高大的男人带来了砰砰作响的枪，纳格被打成了两半！他再也不能吃我们的孩子了。"

"那倒是真的，现在纳加娜在哪里?"里基—蒂基边问边警惕地看着他的周围。

"纳加娜到浴室下水道里去呼唤纳格了，"达齐继续唱，"纳格被挑在棍子的一头提了出来，清洁工用棍子的一头挑起了软绵绵的他，把他扔到了垃圾堆上。来歌颂我们伟大的、红眼睛的里基—蒂基吧!"达齐吸了口气又继续唱了下去。

"我真想爬上你的鸟巢，把你的孩子都摇下来，"里基—蒂基说，"你不知道怎样在恰当的时间做恰当的事情吗？你在树上很安全，但对下面的我来说，战争还未停止。别唱了，达齐。”

“我可以停止，为了我们伟大的、勇敢的里基—蒂基，”达齐说，“还有什么事情吗，杀死了可怕的纳格的伟大猎手？”

“第三次问你，纳加娜在哪里？”

“在牛棚旁边的垃圾堆上，在为纳格哀悼呢。有着洁白的牙齿的里基—蒂基真伟大！”

“请别为我的白牙齿操心！你知道她把自己的蛇蛋藏在哪里了吗？”

“在靠近墙角的瓜地里。那里整天都晒得到太阳。三个星期前她就把他们藏在那里了。”

“这么重要的事你怎么不早点告诉我呢？在最靠近墙角的地方，你确定吗？”

“里基—蒂基，你不是打算去吃她的蛋吧？”

“确切地说，不是吃，达齐，如果你有一点头脑的话，你就马上飞到牛棚那里，假装你的翅膀受伤了，让纳加娜追你到荆棘丛去。我必须去瓜地，如果我现在去，她会看到我的。你必须帮我引开她的注意力。”

达齐是个头脑简单的家伙，他从来只能一次想一件事情。他知道纳加娜的孩子和他的一样，都是从蛋里孵出来的，所以最初，他认为杀死他们是不公平的。但是他妻子是一只聪明的鸟，她知道蛇蛋就意味着不久就会长成小眼镜蛇。所以她让达齐温暖着孩子们，继续歌唱着纳格的死亡，自己则从鸟巢里飞出来。

她飞到垃圾堆旁纳加娜的面前，装作受伤的样子说：“哦，我的翅膀折断了！男孩朝我扔石头，折断了我的翅膀。”然后她更加绝望地拍打着翅膀。

纳加娜抬起头，说道：“原本我可以杀死里基—蒂基的，是你警告了他。说真的，你选择了一个糟糕的地方来折断你的翅膀。”然后她冷笑着朝达齐的妻子滑过去。

“男孩用石头把它折断了！”达齐的妻子尖叫着。

“很好！我会去找那男孩为你报仇的，这足以让你在死之前得到些安慰。今天早上我的丈夫死了，但天黑前，小男孩也会死的。跑有什么用？我肯定能抓到你。小笨蛋，看着我！”

达齐的妻子装作惊恐地拍打着翅膀，哀伤地号叫着。她吃力地想逃走，但是没飞离地面，于是纳加娜加快了她的步伐。

里基—蒂基听到她们离开了牛棚，往小路上去了，于是飞快地跑到墙边的瓜地尽头。他在那里的一堆柔软的杂草里找到了藏得很隐秘的蛇蛋，整整有25只呢。这些蛋像矮脚鸡的鸡蛋般大，但是它们没有蛋壳，只有一层白色的薄皮。

“我来得正是时候。”他说，因为他看到薄皮底下，那些蜷缩着的黑色的小眼镜蛇正在蠢蠢欲动。他知道一旦让他们活下来，这些邪恶的小家伙将来可以杀死一个人或者一只獴。他迅速地咬开蛋壳顶部，把里面的小蛇仔细地碾碎，他仔细地搜查了每一根褥草，看看还有没有遗漏的蛋。最后只剩下三只了，里基—蒂基开始对着自己咯咯笑起来。这时，他听到达齐的妻子在喊：“里基—蒂基，我把纳加娜引到屋子里去了，她已到走廊里了。哦，快点来，她要咬人了！”

里基—蒂基迅速碾碎了剩下的两只蛋，衔着第三只蛋快步跑到走廊里。特迪和他的爸爸妈妈正在吃早饭，但他们现在什么都没吃，一动不动地惊坐在那里，脸色发白。纳加娜在特迪椅子旁的草席上蜷着身子，从那里她可以毫不费力地咬到特迪的大腿。她的身子晃来晃去，为即将到来的胜利洋洋得意。

“可恶的小崽子，你要感谢你父亲干的好事，”她嗞嗞叫着，“别动。再等一下，等我准备好，你们三个，别动！如果你动了，我就马上咬；如果你不动，我还是会咬。哦，愚蠢的人，竟然杀了我的纳格！”

特迪吓得几乎要哭出来了，他盯着他的爸爸，而他爸爸能做的只是小声地说：“坐着别动，特迪。你不能动，特迪，待着别动。”

这时里基—蒂基跑过来说道：“纳加娜，转过身来，转过身来打一架！”

“我会的，”她没有移开她的目光，“我一会儿再和你算账。看看你的朋友们，里基—蒂基，他们一动都不敢动，面色苍白，他们多害怕啊。如果你再多走一步，我就咬了。”

“去看看你的蛋吧，”在千钧一发的时刻，里基—蒂基突然灵机一动说，“墙边的瓜地里。快去看看，纳加娜！”

一听这话，她大惊失色地转过半个身子，看到了里基身边的蛇蛋。“啊！把它给我！”她说。

里基—蒂基的眼睛变红了，他用两只爪子抓住蛇蛋说：“为了一只蛇蛋你会付出什么代价？为了一条小蛇，为了你这一窝里的最后一只蛇蛋？瓜地的蚂蚁正在吞噬其他的蛇蛋。”

纳加娜完全转过身，那只蛋已经让她把其他的事情都抛之脑后了。里基—蒂基看到特迪的爸爸伸出一只大手，抓住特迪的肩膀，把特迪从放茶杯的桌子上拖了过去，拖到纳加娜够不着的安全地方。

“上当了！上当了！里基—恰克—恰克！”里基—蒂基咯咯笑了。“小男孩安全了。昨天晚上在浴室里，是我——我咬住了纳格的颈部皮褶。”然后他开始上蹿下跳地蹦，四条腿并拢，头靠着地面。“他把我甩来甩去，但是没能甩掉我。在高个子男人开枪把它打成两半之前，他已经死了。都是我干的！里基—蒂基—恰克—恰克！来吧，纳加娜。来跟我作战吧。你做寡妇也做不了多久了。”

纳加娜知道她刚才已经错失了杀死小男孩的最佳时机，而蛋仍在里基—蒂基的手中。“把蛋还给我，里基—蒂基，把最后一个蛇蛋还给我，我可以马上离开这儿，并将永远不再回来。”她低下头乞求说。

“你当然会马上离开的，而且永远不再回来。因为今天你将和纳格一起待在垃圾堆上。战斗吧，寡妇！高个子男人已经去拿枪了！战斗吧！”

里基—蒂基在纳加娜咬不到的地方跳来跳去，他的小眼睛就像烧红的煤炭。纳加娜打起精神，脑袋朝他狠狠扑了过去。里基—蒂基跳起来往后退了几步。她一次又一次地发起攻击，每次她的头都重重地撞在走廊的草席上，接着又像钟表弹簧一样被弹了回来。然后里基—蒂基就绕着圈跳到她身后，而纳加娜则转过身让她的头正对着他的头，所以她的尾巴不停地打在草席上，发出的声音就像风中吹起的干树叶。

里基—蒂基在打斗中忙着躲闪，忘了那只蛇蛋。蛇蛋静静地躺在走廊上，纳加娜越走越近，最后，趁着里基—蒂基不注意，猛地把蛋衔在嘴里，转身向走廊的台阶游去，像箭一样沿着小路逃去，里基—蒂基紧追不舍。当纳加娜逃命的时候，她跑得就像一匹脱了缰的野马。

里基—蒂基知道他今天必须抓住她，否则以后就会麻烦不断。她径直游向荆棘丛旁边的高高的草地，里基—蒂基在后面紧追不舍。一路上，他还能听到达齐在窝里唱着他那首愚蠢的胜利之歌。但达齐的妻子就聪明得多，她飞到纳加娜的头部上方，用翅膀拍打着纳加娜的脑袋，如果达齐也帮忙的话，他们也许可以拦住她。纳加娜只是把头一低，什么都不顾地继续逃命。然而，就是这一会儿的迟疑让里基—蒂基赶上了她。在她正要钻进她和纳格曾经居住的老鼠洞里时，他小小的白牙齿一口咬住了她的尾巴，于是他被纳加娜拽着一起进了洞里——不管聪明的獴还是年长的獴，很少会愿意追到眼镜蛇洞里。洞里很黑，里基—蒂基也不知道要到什么地方才会豁然开阔，让纳加娜有地方可以转身攻击他。他死死地咬着不放，两只脚抵在闷热、潮湿、黑暗的斜坡上，当做刹车。

不一会儿洞口的草停止了摇摆，洞口的达齐说："这次里基—蒂基肯定完蛋了！我们得为他唱哀歌了。勇敢的里基—蒂基死了！因为纳加娜一定会在地底下把他杀了。"

于是那个歌唱家开始唱他即时编造的、非常凄凉的悲歌。正当他唱到最感人的部分，洞口的草儿又一次微微颤动了，里基—蒂基舔着胡子，浑身是泥地从草里挤了出来。达齐轻轻地叫了一声，停止了唱歌。里基—蒂基抖落了皮毛上的泥，打了个喷嚏。"一切都已经结束了，"他说，"那寡妇再也不会出来了。"住在草根中央的红蚂蚁们听到他的话，开始一个个排着队进洞看看他说的是不是实话。

里基—蒂基寻到一片干燥的草地躺下就睡着了，蜷缩着身子一直睡到傍晚，这一天他实在是太累了。

"真累啊今天，"他醒了以后说道，"我要回到屋子里去了。把这消息告诉铜匠鸟，达齐，他会让整个花园都知道纳加娜死了。”

铜匠鸟——印度每个花园的公告传报员，他发出的声音就像小锤子击打铜罐的声音一样，他会把所有的消息告诉每一个愿意听的听众。当里基—蒂基跑到小路上的时候，就听到铜匠鸟在发布新消息了，它像一只小小的就餐铜锣发出“注意”的声音，然后是平稳的“叮——咚——当！纳格已经死了！纳加娜也死了！叮——咚——当”。那个消息让花园里所有的鸟儿歌唱起来，青蛙也开心地叫起来，因为纳格和纳加娜也吃过青蛙和小鸟。

当里基跑到屋子里的时候，特迪和特迪的妈妈（她还是脸色发白，因为她刚才晕过去了）、特迪的爸爸都跑了出来，几乎抱着他哭起来。那天晚上他把所有给他吃的东西都吃掉了，直到再也吃不下为止，然后在特迪的肩膀上睡着了。等特迪妈妈晚上很晚进来看他的时候，他仍然躺在特迪的肩膀上呼呼睡大觉。

“他救了我们的命和特迪的命。”她对她丈夫说，“想想，他救了我们大家。”

里基—蒂基猛地跳了起来，醒了，因为獴都是容易惊醒的动物。

“哦，是你们啊，”他说，“你们还在担心什么？所有的眼镜蛇都死了。如果没死，有我在这里。”

里基—蒂基有权利为自己感到骄傲。但是他没有太得意忘形，他就像一只獴该做的那样，用牙齿、跳跃、撕咬保护着花园，之后再也没有眼镜蛇敢在围墙内露面了。

十 达齐的歌

（为了歌颂里基—蒂基—塔维）

我有美妙的歌喉，也有精湛的技巧，
这给了我双倍的快乐。
能向着天空即兴演唱是我的骄傲，
能编制出精巧的窝巢是我的自豪。
树上树下，我编织着我的音乐，
也编织着我的鸟巢。

再给你的小鸟们唱一首吧，
妈妈，哦，不用再担忧和颤抖！
想伤害小鸟们的坏蛋再也不会苏醒过来，
软绵绵的尸体静静地躺在花园里。
躲在玫瑰花里的那些恶魔再也不出现——他被抛到垃圾的最顶端，
已经死了！

那个解救我们的英雄，他是谁？
告诉我他的住所和名字。
里基，最忠诚的勇士，最善良的朋友，
蒂基，他有双火焰般的红眼睛，
塔维，他有着象牙般的尖牙，

他是一个有一双火焰般通红的眼睛的猎人！
鸟儿们向他表达最真诚的谢意，
展开最美丽的羽毛向他鞠躬！
用夜莺一般的歌喉赞美他，
不，让我用自己编的歌曲来赞美他。

听！我将歌颂带着一束尾巴的里基，有着一双火红眼睛的蒂基！唱到这里，里基—蒂基打断了他，后面的歌我们就无从知晓了。

十一 大象们的图梅

我不会忘记我是什么，
那让我开始厌倦绳索和锁链——
我不会忘记往日的力量，
那让我开始想起所有丛林里的回忆。
人类的一捆甘蔗怎能让我出卖自己；
我要找到我的同类，回到丛林的兽民那里。
白天来临的时候，破晓时分，我将走出去——
微风在我脸颊上留下洁白无瑕的吻，
海水在我脚边留下温暖潮湿的爱抚；
折断那些拴着我的尖木桩，忘记脚踝上的铁环！
我要去找寻那失去的爱情和自由的玩伴！

大象卡拉·纳格，意思是“黑蛇”，以一头大象能够尽职的各种方式为印度政府服务了47年。而他被抓的那年，他才刚20岁——对一头大象来说是个成熟的年龄了，现在他快70岁了。他记得曾经靠前额上垫着的一块皮垫推着陷在烂泥里的钢炮，那已经是在1842年阿富汗战争之前的事情了，那时候他还小。

他的妈妈拉德哈·皮艾——亲爱的拉德哈——和卡拉·纳格是在同一次围捕中被捉的。卡拉在长出小白牙之前，她就告诫他说胆小的大象总会受伤。卡拉·纳格知道这是妈妈给他的人生忠告，因为很快发生的一件事证明了这句话的正确性：当他第一次看到他背的一枚炮弹爆炸时，他吓得尖叫着退到一个堆放着步枪的台子上，结果身上所有柔嫩的地方被步枪上的刺刀扎了个遍。所以在他 25 岁之前，他就记住了妈妈的那句忠告，不再害怕任何事了，因此他在为印度政府服务期间是最卖力的，也因此是最受宠爱的，得到了最好的照顾。他在去印度的行军途中驮过帐篷，1200 多磅重的帐篷。他被蒸汽机吊车吊到船上，在海上颠簸了好几天，然后在一座远离印度的、陌生的、到处是岩石的国家里，用背驮着迫击炮。在马戈达拉，他看到了葬在那里的皇帝西多尔。然后他又被赶回到船上，听船员们说，那艘船被授予了战争奖章。10 年以后，他亲眼目睹自己的同伴因为寒冷、饥饿而相继死去。他在一个叫做阿里·莫斯基德的地方得了热病，后来他被送到几千里外的莫尔梅贮木场运送和堆放大块大块的柚木。在那里他差点杀死了一头不听话的年轻小象，那头象干活偷懒，逃避自己分内的工作。

自从发生那件事以后，他不再运送木材，而是和其他一些受过训练的大象一起，帮助人们在加鲁山上捕捉野象。大象受到印度政府的严格保护。有一个部门其他什么事都不干，专门捕猎、训练大象，然后把训练好的大象送往全国各地需要他们的地方。

卡拉·纳格站起来，到肩膀足有 10 英尺高。他的尖牙被截短到五英尺长，末端用铜箍缚住以防止它们裂开。但是他用残余的尖牙干的活要比那些没有受过训练但有着真正锋利尖牙的大象还要多。经过几个星期的努力，他们搜寻到山上分散的野象，然后小心地把他们驱赶到一起，四五十头野象都被赶到最后的围场里。用树干扎起来的大吊门唰的一声落下关上了。卡拉·纳格随着一声命令，会走进灯火闪烁的、怒吼着的、乱哄哄的象群，在象群里面挑出最野最不听话的那只，然后重重地撞上去，又捶又打逼他们安静下来，而骑在其他大象背上的人们用绳索绑住弱小些的大象。

在打架方面，卡拉·纳格，聪明的老“黑蛇”，几乎无所不知，因为在他的一生中，他曾经不止一次站起身来攻击受伤的老虎，并在追捕老虎的过程中顽强地坚持了下来。他把自己软软的长鼻子卷起来以免受到伤害，然后从侧面撞向跃起的老虎，用他自己发明的、用脑袋做出一个快速镰刀砍的动作，把老虎撞到半空中。把对手撞倒以后，他把自己庞大的膝盖压在老虎的脊背上，或者用厚重的脚掌紧紧踩住老虎的肚皮，直到老虎喘息着、号叫着咽下最后一口气。剩下的就是皮毛小事了，卡拉·纳格只要去拖他的尾巴把它带走。

"是的，"他的赶象人大图梅说。他是带卡拉·纳格到阿比西尼亚的黑图梅的儿子，也是亲眼目睹卡拉被捉的图梅的孙子。"除了我，'黑蛇'谁都不怕。我们祖孙三代都喂养、照料他，而且他会活到我们的第四代出生。"

"他也怕我。"小图梅说，他站起来已经有四英尺高，身上就裹了一块碎布。他10岁了，是大图梅的长子。按照习俗，等长大了后他将接替父亲的位置，骑在卡拉·纳格的脖子上，手拿一根沉重的驯象用的铁刺棒。那根刺棒已经被他的爸爸、他的祖父和他的曾祖父磨得光溜溜的了。

他听得懂卡拉的话，因为他是在卡拉·纳格的影子底下出生的；在他学会走路以前，他就在象鼻尖上玩耍；他一学会走路，就把卡拉带到水里去洗澡。卡拉也非常听他的话，从来没有想过违逆这个小主人的意思。那天当大图梅把这个小小的棕色肌肤的娃娃放在卡拉·纳格的象牙下，让他向未来主人行礼时，他也没想过要踩死他。

"没错，"小图梅说，"他怕我。"他迈着大大的步子到卡拉·纳格身边，喊他老肥猪，命令他把脚一只一只地抬起来。

"卡拉"，小图梅将两只小手叉在腰上，学着他爸爸的语气说道，"政府可能会出钱养活大象，但是他们是属于我们赶象人的。卡拉·纳格，你可是一头高大健壮的象——等你老了的时候，会有一个有钱的酋长看到你的个子和举止，把你从政府那里买下来。然后你就什么都不用做了，只要戴上金耳环，驮着金鞍，走在国王队伍的最前头就行了。那时，我坐在你的脖子上，哦，卡拉·纳格，我们前头会有人举着金棒，边跑边喊：'给首领的大象让路！'那多威风啊，卡拉·纳格，不过还是在丛林里打猎更痛快。”

“哼！”大图梅说，“真是个像野牛犊一样野的孩子！在山上跑上跑下可不是件好差事。我也老了，我可不喜欢野象。给我砖砌的象场，一头象一个象棚，有大大的木桩可以安全地拴着大象，有平坦宽阔的大路可以训练大象，而不是这种临时搭建的帐篷！啊哈，真想念科恩波尔的营房，那附近还有市场，一天只要工作三个小时就可以了。”

小图梅记得科恩波尔象场，但他什么也没说。他更喜欢营地的生活，而讨厌那些宽阔平坦的大路，讨厌每天得在储备的饲料里搜寻草料，也不喜欢那些漫长的无事可做的日子，那时候他就只能盯着卡拉·纳格发呆。

小图梅喜欢的是爬上只有一头象能通过的马道，爬到下面的山谷，看着几里外的野象吃草，看着卡拉·纳格脚下受惊的猪和鸟跑来跑去，那令人目眩神迷的热雨从天上倾泻下来，雨后所有的山和山谷都变得烟雾缭绕；浓雾弥漫的美丽早晨，让醒来的人忘记昨晚在哪里露营；他喜欢坚定而小心地驱赶野象；喜欢昨天夜里赶象时疯狂的奔跑、熊熊的火焰和喧嚣的声音。当时大象就像山崩时落下的巨石一般涌进围场，当他们发现自己出不去了，就往粗重的木桩上撞，粗鲁的喊叫声、燃烧的火把和响彻天际的枪声才能把这些庞然大物赶回去。

即使是一个小娃娃也能在那里派上用场，而且小图梅抵得上三个男孩子。他会拿上火把，挥舞着，拼命地喊叫。但是真正让他激动的时刻是把大象赶出去的时候。那时，科达（就是围场）呈现出一派世界末日的景象，人们不得不相互打着手势，因为他们连自己说什么也听不见。那时，小图梅就会爬上一根轻轻颤动的柱子的顶端，他那棕色的头发松散地飘在肩头，黝黑的瞳孔在火光映衬下闪闪发亮，就像一个顽皮的小精灵。等稍稍安静些的时候，你就可以听到小图梅在尖叫着为卡拉·纳格呐喊助威。“加油，加油，黑蛇！咬他！小心，小心！打他，打他！小心柱子！啊！啊！嘿！呀！驾啊！”他大声地喊。卡拉·纳格和野象之间的大战在科达围场内来回地进行着。老捕象人在忙乱中不时地伸手擦去额头上的汗水，并向柱子顶端快乐地扭动身体的小图梅投去嘉奖的目光。

有一天晚上，他从柱子上滑下来，溜到大象里面，一个赶象人这时正努力抓住一头乱踢乱蹬的小象的腿（小象总是比成年的动物更加麻烦）。于是小图梅把掉落的绳索松开的一头往上扔给了他。卡拉发现了他，用鼻子卷起他，把他交给了大图梅。大图梅拍了拍卡拉，把他栓回木桩上。

第二天早上，大图梅骂了他一顿，他说："砖砌的象场和帐篷还不够好吗？你非得自己去捕象吗？没用的小东西！现在这些工钱比我少的、愚蠢的猎人把这事报告给彼得森·萨希博了。"小图梅吓坏了。虽然他对白人了解不多，但对他来说，彼得森·萨希博是最了不起的白人。他是科达围场的首领——印度政府的所有大象都是他捕捉的，他比任何人都了解大象的习性。

"会……会有事吗？"小图梅问，尽管他不知道自己做错了什么，但从父亲的反应来看，他的确是做了很不好的事情。

"有事？最糟糕的事情都有可能发生。彼得森·萨希博是个疯子。要不然他为什么要捕猎这些野家伙呢？他甚至可能会要求你去当捕象人，让你睡在充满热病的丛林里，最后在象场里被踩死。还好这种胡说八道已经平息下去了，一切平安无事。下个星期围捕就结束了，我们这些从平原上来的人就要返回自己的营地去了。那时，我们会走在平坦的大路上，把所有这些捕猎的事情都统统忘掉。但是，儿子，你去干涉那些本属于肮脏的丛林居民的事情让我很生气。卡拉·纳格只会听我的话，所以我必须和他一起去科达象场，但是他只是一头大象，他不会帮忙用绳索拴野象。我已经心满意足了，作为一个称职的赶象人——不仅仅是个捕猎人——我是说，一个赶象人，一个服役期满后能得到养老金的人。与大象打交道的图梅家族要被大象踩在脚下，埋葬在围猎场的泥土里吗？不能允许这样的事情发生！没用的儿子！去给卡拉·纳格洗洗身子，照料下他的耳朵，再看看脚掌有没有扎到刺。要不然，彼得森·萨希博一定会把你抓去，让你做一个野猎人——一个跟着大象脚印跑的家伙，一只丛林熊。呸！想起来就丢人！去吧！”

小图梅什么都没说就跑掉了，但是当他在给卡拉·纳格检查脚掌的时候，他把一切不满都告诉了卡拉·纳格。“没关系，”小图梅一边翻转着卡拉·纳格硕大的右耳，一边说，“他们已经把我的名字告诉彼得森·萨希博了，也许……谁知道呢？嘿！我拔出一根好大的刺！”

接下来的几天，他把大象赶到一块儿，把新抓来的野象和一群已驯服的大象围在一起，让他们来回走，以防他们在下山前往平原的路上惹麻烦。他还清点了剩下的毯子、绳索、破旧的东西和森林里丢失的东西。

一天，彼得森·萨希博骑着他聪明的母象珀得米尼来了。他在把山上营地里的工钱付清，因为捕猎的季节快要结束了。树下桌子旁坐着一个当地的文员，在给赶象人支付工钱。拿到钱的人就回到自己的大象身边，加入到一旁准备起程的队伍中去。那些捕象人、猎手和科达的长工，年复一年地待在丛林里。他们坐在属于彼得森·萨希博的永久财产的象背上，或是手里挎着枪斜靠着树，和那些待走的赶象人开开玩笑。当看到野象冲出队伍到处乱跑时，他们就哈哈大笑。

大图梅走向文员，在他身后跟着小图梅。追捕者的首领马丘阿·阿帕压低嗓门对一个朋友说：“瞧，多精神的小鬼。真可惜，要让这个丛林小公鸡在平原上脱毛了。”

作为一个必须能听到所有生物中最安静的动物——野象的人，彼得森·萨希博全身都是耳朵。一直躺在象背上的彼得森·萨希博转过身来问道：“什么？在平原赶象人中我不知道有哪个男人够聪明，能拴住一头死象的。”

“不是男人，是一个男孩。他是在最后一次围捕中进入科达的。我们正努力地将肩上有斑点的小象从他妈妈身边拖走，他把绳子扔给了巴冒。”

马丘阿·阿帕指着小图梅，彼得森·萨希博顺势看了一眼，小图梅这时朝他鞠了一躬。

“他扔了根绳子？他还没有一个木桩尖高。小家伙，你叫什么名字？”彼得森·萨希博问道。

小图梅吓得说不出话来，但是卡拉·纳格就在他身后，图梅用手做了个手势，大象用鼻子把他卷起来，抬到和珀得米尼前额一样的高度，正对着了不起的彼得森·萨希博。小图梅双手捂着脸，毕竟他还是个孩子，除了和大象有关的事情，他和所有的孩子一样会害羞。

“啊哈！”彼得森·萨希博微笑着在胡子底下说，“你为什么教大象那种本领？是等晒玉米穗的时候，帮你偷屋顶上的青玉米吗？”

“不是青玉米，穷人的保护者，——是瓜，”小图梅说，坐在四周的人都大笑起来。他们中的大多数人在他们还是孩子的时候都教过大象这种本领。小图梅被举起空中八英尺高，但是他真希望他是在地下八英尺的地方。

“他是图梅，我的儿子，萨希博。”大图梅皱着眉说，“他是个坏孩子，以后会入大牢的，萨希博。”

“对此我表示怀疑。”彼得森·萨希博说，“一个在他这种年纪就能面对整个科达象场的男孩以后是不会入大牢的。看，小家伙，这里有四安那给你买糖吃，因为你那头浓密的头发下有个小脑袋。以后你也会成为一个狩猎人。”大图梅的眉头皱得更紧了。“不过，记住，科达不是孩子玩的好地方。”彼得森·萨希博继续说。

“我永远都不能去那儿吗，萨希博？”小图梅大声地喘着气说。

“是的，”彼得森·萨希博又笑了。“等你看到大象跳舞，那就是恰当的时候了。等你看到大象跳舞就来找我，那时我会让你进入所有的象场的。”

此刻，再次爆发一阵大笑。大象跳舞只是捕猎者当中的一个流传广泛的笑话，它的意思就是绝不会实现。在森林深处藏着一块巨大的空地，被称为大象的舞厅，有人去过，但没有人亲眼看到过大象在上面跳舞。当有赶象人吹嘘自己的技艺和勇敢时，其他赶象人总会讽刺说：“你什么时候见过大象跳舞？”

卡拉·纳格把小图梅放回到地上，他又磕了一个头，跟着父亲离开了，他把硬币给了正在照料弟弟的母亲。然后他们就坐上了卡拉·纳格的背，一列满载行装的大象队伍摇摇摆摆地缓步移动，领头的大象已经消失在山路的尽头，伴随着咕哝声、尖叫声和偶尔的鞭打声的大象队伍向着平原前进了。

大图梅狠狠地打着卡拉·纳格，因为他很生气，但是小图梅却高兴得说不出话来。他引起了彼得森·萨希博的注意，还得到了他的赏钱，所以他感觉自己就像一名被叫出队伍的列兵，受到了司令的赞扬。

“彼得森·萨希博说大象跳舞是什么意思？”终于，他轻轻地问妈妈。

大图梅听到了，咕哝着说：“是说你永远成不了追猎者，那就是他的意思。哦，前面的什么东西挡住了路？”

在两三头大象前头，一个阿萨姆赶象人恼火地调过头，叫嚷着：“把卡拉·纳格带上来，让我的这头年轻小象规矩点。彼得森·萨希博为什么选了我和你们这些稻田里的蠢驴一起下山？把你的大象赶到一边，图梅，让他用象牙戳。山神啊，这些新捕的大象太难驾驭了！他们肯定都着魔了，否则就是他们可以闻到丛林里同伴的味道。”卡拉·纳格走过去撞新捕大象的肋骨，那头大象先是扬起长鼻尖声反抗，但很快傲气就被撞没了。这时，大图梅说：“我们最后一次围捕的时候，已经把有野象的山都扫了个遍，所有的野象都在这里了。这只是你赶象的时候不认真罢了。非得由我维持整支队伍的秩序吗？”

“听听他说的，”另一个赶象人说，“我们扫遍了整座山！嘿！嗬！你可真有本事，平原人。除了从没见过丛林的烂泥脑袋，人人都明白这个季节的捕猎已经结束了。所以所有的野象今天晚上会——但是我为什么要对一只海龟说那么多废话呢？”

“他们要干什么？”小图梅喊道。

“呃，小家伙，你在那里吗？好吧，我会告诉你，因为你有一颗冷静沉稳的头脑。他们将跳舞，而你父亲今晚有必要用双链锁着木桩。”

“这是什么话？”大图梅说，“40 年来，我们几代父子都在驯服大象，却从没听过大象跳舞的胡话。”

“是的，住在小屋里的平原人就只知道他们的四面墙。好吧，今晚松开大象的锁链，看看会发生什么吧。至于他们跳舞，我见过那个地方，那是千真万确的——巴普里！迪罕河有几个弯啊？这里又有一个浅滩，我们要让小象游过去。后面的，停在那儿。”

就这样，他们一路争吵着、吆喝着，驱赶着大象趟过了河，踏上了第一段行程，来到了一个接收新捕大象的营地。但是在他们还没有到那儿之前，大象就发起了脾气。

于是他们把大象的后腿用链子锁在木桩子上，用那些特大的绳索来拴新捕的大象，再把草料堆积在大象面前。山里的赶象人下午时分就回彼得森·萨希博那里去了，他们叮嘱平原赶象人那晚得特别小心，当平原赶象人问起原因的时候，他们并没有回答，只是哈哈大笑。

小图梅负责准备卡拉·纳格的晚饭。夜晚降临时，他心里涌起一股难以言状的快乐，于是他就在营地漫步，找寻一只手鼓。印度孩子心情愉快时，他不会以不寻常的方式到处吵吵闹闹乱跑，他会独自一个人坐下狂欢。彼得森·萨希博和他说话了！如果他没有找到他想要的东西，他一定会非常不高兴的。幸好营地里卖糖的小贩借给他一个小手鼓——一种用手掌拍打的鼓——他在卡拉·纳格面前盘着腿坐下来。当天上的星星出来的时候，他把手鼓放在大腿上，敲起来，越是想着他得到的荣耀，他就敲得越起劲，虽然只有他一个人，虽然没有调子，没有歌词，但敲鼓让他觉得非常高兴。

刚刚加入象群的新象扯着绳索，不时地尖叫、吼叫着。小图梅听到营地木棚屋里妈妈在唱着古老的歌谣哄着弟弟入睡。那是一首关于湿婆的歌谣，湿婆曾经告诉所有的动物应该吃什么。这是一首催人入睡的摇篮曲。第一段是这样的：

湿婆，带来了收获，让风吹拂，
很久以前的某一天，他坐在门口，

让每一个人分享他的食物、劳苦和命运，
从宝座上的国王到门口的乞丐。
他所做的一切让他成为——湿婆，保护神。
神啊！神啊！他创造了一切——
骆驼的荆棘丛，母牛的草料，
还有拥抱瞌睡的小脑袋的母亲的怀抱，
哦，我的小儿子！

歌谣的咚咚声让小图梅沉醉，直到他觉得有点困，于是就在卡拉·纳格旁边的草料堆里躺了下来。再后来，大象按照他们的习惯，一头接一头躺了下来，最后只剩下卡拉·纳格还站着。他慢慢地左右摇晃着，风缓缓地吹过山群，他支起耳朵仔细聆听夜风的声音。夜风中有各种各样的声音，这些声音使夜晚显得更宁静——竹竿碰撞的咔嗒声，灌木丛里发出的沙沙声，鸟儿受惊后的拍翅声，还有远处的流水声。小图梅睡了一会儿，等他醒来时，月光已经洒满大地。卡拉·纳格还是竖着耳朵站立着。小图梅翻了个身，身下的草料发出沙沙的响声，卡拉·纳格宽大的背部轮廓，挡住了半边的星空。他看着看着，正想闭上眼睛继续睡，突然听到一头野象发出“呜——嘟”的声音。

象场里所有的大象就像被枪击中似的，都跳了起来。他们的尖叫声吵醒了沉睡的赶象人，他们没来得及穿好衣服就慌忙跑了出来，用大头锤敲紧了桩钉，拉紧了绳索，打上结，直到一切重归安静。一头新捕的大象差点把木桩都拔了出来，大图梅解开了卡拉·纳格腿上的链条，用那条链条把新捕大象的前后腿全拴住，而只用根草绳随便拴在卡拉·纳格的腿上，并且告诉他要记住，他被拴得很紧。他知道这样的事情他和他的父亲还有他的祖父已经做过几百次了：大象们一直被牢固的铁链拴住，屡次挣扎而不得解脱，当你把铁链换成一根细草的时候，这些象再也不挣扎了，因为他习惯性地认为无论怎么挣扎都没用。卡拉·纳格没有像以前那样用低吟一声来表示服从。他静静地站着，眼神穿透月光，头微微抬起，耳朵像扇子一样，朝着重重叠叠的加鲁山张开。

“要是他今天晚上很烦躁，要好好照顾他。”大图梅对小图梅说，然后他就走进小屋里睡觉去了。小图梅刚要睡，就听到绳子当的一声被挣断的声音，卡拉·纳格就像一朵飘出山谷口的云，慢慢地却坚定地挣脱开木桩走了出去。小图梅光着脚啪嗒啪嗒地跟在后面，在月光下沿着大路跑着，压低声音喊道：“卡拉·纳格！卡拉·纳格！别扔下我，哦，卡拉·纳格！”大象转过身体，一声不吭。月光下，他往回迈了三步，来到男孩跟前，伸出他的长鼻子把他卷起来放到背上。还没等小图梅坐稳，他就悄悄地走进了森林里。

象场里发出一阵愤怒的吼声，一阵想要摆脱锁链的挣扎声，接着一切又归于平静。卡拉·纳格开始大步向前。有时会有一束高高的草从他的背上擦身而过，就像海浪拍打着船舷。有时一束野生胡椒的藤蔓会擦过他的背，或者他的肩膀碰到一竿毛竹，发出吱吱嘎嘎的声音。但除此之外，他走起路来几乎没有一点声响，他轻轻地游走在茂密的加鲁森林里，仿佛森林都变得不存在了。他往山上走去，虽然小图梅能偶尔透过树缝看到天上的星星，但他还是无法辨别出方向。

然后，卡拉·纳格爬到了山顶，停了一会儿。小图梅可以远远俯瞰到山下的一切，参差不齐的树梢在月光下婆娑摇曳，连绵数英里，青色的雾气笼罩着山谷里的小河。小图梅探着身子向下看，他觉得脚下的森林是醒着的——清醒的、充满生机的、拥挤吵嚷的。吃水果的棕色大蝙蝠掠过他的耳边；灌木丛里豪猪发出磨牙的咯咯声；在黑糊糊的树干之间，小熊在潮湿温暖的土壤里拼命挖土的声音，边挖边用鼻子嗅着。

很快他的脑袋又被树枝淹没了，卡拉·纳格开始向山下的河谷走去——这次不是静悄悄的，而是像逃跑的猎手那样匆忙地跑下陡峭的山坡。他硕大的腿像活塞一样坚定地摆动着，每一大步八英尺远，肘部皱起的皮肤发出沙沙的声音。两边的灌木丛发出帆布被扯破的声响，被他撞开倒向一边的小树又都弹了起来，打在他的身上。他奋力开路的时候，一串串的匍匐植物缠着他的象牙，拉扯着他的四条腿。小图梅紧贴着他的脖子，防止被摇晃的树枝扫到地上，他真希望再次回到象场。

不知过了多久，草地开始变得潮湿了，卡拉·纳格的脚一踩下去，就陷在了草丛里，发出嘎吱嘎吱的响声。山谷底部的夜雾让小图梅感到阵阵寒意，身上的鸡皮疙瘩都鼓起来了。有溅水声、践踏声和湍急的流水声。卡拉·纳格放慢了速度，小心摸索着跨过河床，河水绕着大象腿打着旋。在这水声之上，小图梅听到了上游和下游更多的溅水声和象鸣声——响亮的呼喊声和愤怒的喘息声，他周围的雾气中似乎到处都是一团团晃动的影子。

“啊！”他几乎要大喊起来，牙齿战栗着，“今晚象群都被唤醒了，然后他们就要跳舞了。”

卡拉·纳格咆哮着走上岸，擤干鼻子里的水分，开始了另一次攀登。但是这次他不需要一个人开路了，在他面前，已经有一条被踩好的六英尺宽的路了，两边被压弯的小草正在慢慢立起来，恢复原状。几分钟前一定有许多大象从这里走过。小图梅回头看，有一头巨大的野象正从烟雾弥漫的小河里走上岸，他小猪般的眼睛像烧红的煤炭一样闪闪发光。树木再次合拢了，他们继续往前攀爬，时不时地发出嘶吼声、撞击声和树枝折断的声音。

最后，卡拉·纳格在山顶的两根树干中间静静地停住了。这只是长在大约三到四英亩不规则空地周围一圈树中的其中两棵。小图梅看到，在那块空地上，土地被踩得像砖地一样结实。有几棵长在空地中央的树被磨得只剩下光秃秃的树干，露出里面的白木头，在月光下闪闪发亮。几缕开了花的爬山虎挂在树枝上，一动不动。但是在空地上，没有一片绿叶——什么也没有，只是被踏平的土地。

月光下把那里照得一片铁灰色，除了几头大象站着的地方，他们的影子一片漆黑。小图梅屏住呼吸，仔细注视着这一切，就像他想的那样，越来越多的大象摇摇晃晃地从大树林中走到空地上。小图梅只会从一数到十，他一遍一遍地掰着手指头数，直到他也忘了数到几个十了，他的脑袋开始发晕。他能听到在空地外的大象往山上爬，将脚下的灌木丛践踏得噼噼啪啪响，但是一旦他们走到空地附近的树林，他们的动作就变得像幽灵一样轻盈。

他们当中有长白牙的公象，在他们脖子和耳朵的褶皱处落满了树叶、坚果和小枝子；有步幅缓慢的肥胖母象，带着只有三到四英寸高，在母象肚子下奔跑着的小黑象；还有些刚长牙的年轻小象；还有瘦骨嶙峋的老母象，一副焦虑的表情，象鼻好似一块粗糙的老树皮；有野蛮的老公象，从肩膀到腹肋都是年壮时打架留下的伤痕；还有一头断了牙的象，身上有老虎的清晰可见的、骇人的抓痕。

他们当中有的头碰头地站着，有的成双成对地在空地里走来走去，还有数不清的大象独自摇来晃去。

小图梅知道，只要他紧贴着卡拉·纳格的脖子，他就很安全，因为即使在科达围捕的混乱匆忙中，野象也不会把鼻子伸到一头驯服的大象脖子上把人拽下来。而且这么晚，大象压根也没想到会有人出现在象群里。有一次，他们听到森林里发出脚镣的叮当声，便警觉起来，都把耳朵往前伸。不过那是珀得米尼——彼得森·萨希博的宠象，她一定是挣断链锁跑上山的。小图梅还看到另外一头他不认识的大象，背上、胸部都被绳索勒出了深深的伤痕，他也一定是从山边某个营地逃出来的。

终于，森林里再没有任何大象行走的声音了。卡拉·纳格从他站立的两棵树中间摇摇摆摆地走出来，来到象群的中央，古怪地叫着。所有的大象都开始用自己的语言交谈起来，四处走动着。

小图梅仍然躺着，看着下面数不清的宽大的脊背、摇摆的耳朵、挥动的象鼻和滚动的小眼睛。他听到象牙碰撞时的咔嗒声，象鼻缠绕在一起时发出的干涩的声音；身躯、肩膀相互摩擦的声音；大尾巴不停地甩动发出的声音。一朵云遮住了月亮，他坐在黑暗中一动不动。但是推搡声和咯咯的叫声依然持续着。他知道大象们都围着卡拉·纳格，他没机会跳下来，清晨的空气真寒冷啊，他咬牙坚持着，不让自己发出太大的寒战声。在科达，至少还有火把和喊叫声，但这里只有他一个人，有一头大象的鼻子还碰到过他的膝盖。

不久，一头大象吼起来，其他所有的大象都吼起来，可怕的吼声一直持续了5到10秒钟。树上的露珠被抖落到象背上，然后发出单调的隆隆声，起初不太响，小图梅听不清楚，但后来越来越响。卡拉·纳格抬起一只前脚，然后抬起了另外一只，再把两脚同时放下——一、二，一、二，就像行军一样有节奏。现在所有的大象都一起跺脚，听上去就像山洞洞口敲起了无数的战鼓。树上的露水被震落下来，像突如其来的一场雷阵雨。但是雨停后隆隆声还在继续，小图梅用手捂着耳朵，想挡住那声音。然而一阵震耳欲聋的声音穿透了他全身——这可是几百只笨重的大脚一起跺在湿冷的荒地上发出的声响啊！有一两次，他能感觉到卡拉·纳格和其他大象一起往前迈了几步，而且撞击声变成了多汁的绿色植物被踩压后枝叶断裂的声音，但是一两分钟以后又变成了脚跺在坚实的土地上的轰轰声。在他旁边的树发出吱吱嘎嘎的声音，他伸出手摸到了树皮。但是卡拉·纳格一边跺脚一边往前挪动着，小图梅也分辨不出自己在空地的哪个位置。大象们都没有发出任何声音，除了一次，有两三只小象一起尖叫起来。然后他听到一声重锤和脚拖地的声音，接着隆隆声又继续响了起来。这一次持续了足足两个小时。小图梅的每根神经都开始疼痛了，但是他从夜晚的空气中感觉到黎明就要来了。

清晨，绿色的后山中被涂上了一层淡淡的黄色，当第一道曙光出现时，跺脚声就停止了，就好像这阳光是一道命令。还没等小图梅脑袋里的嗡嗡声散去，甚至还来不及调整坐姿，其他大象都散得一干二净了，只剩下卡拉·纳格、珀得米尼和有绳索勒痕的那头象。下山的路上没有任何迹象，也没有窸窣声和耳语声，那些大象像凭空消失了一样。

小图梅瞪着眼看了又看，不敢相信眼前发生的一切。空地一夜之间比他记忆中的变大了。空地中间的树更多了，但是周围的灌木丛和丛林野草都被踏平了。小图梅再次凝神看了看。现在他明白那跺脚声是怎么回事了。大象们踩出了更大一片空地——茂密的野草和多汁的甘蔗被踩成碎片，碎片又被踩成残渣，残渣又被踩成小纤维，小纤维又被踩进土壤里，变成了坚实的土地。

“哇呜!”小图梅说，他的眼皮很沉，“卡拉·纳格，我的主啊，让我们带着珀得米尼回到彼得森·萨希博的营地里去吧，否则我就要从你的脖子上摔下来了。”

第三头大象看着另外两头走了，扑哧扑哧转了个圈，也跑掉了。

两小时以后，彼得森·萨希博正在给昨晚被双重锁链锁住的大象们喂早饭，大象们很开心地吼叫了起来，肩膀以下都肮脏不堪的珀得米尼和双脚发痛的卡拉·纳格蹒跚着走进营地。小图梅的脸冻得发灰，头发被露水打湿了，插满了落叶和小树枝，但是他还是设法向彼得森·萨希博行礼，声音微弱地喊着：“跳舞——大象跳舞啦！我看见了，我要——死啦!”卡拉·纳格蹲下来，小图梅的身体就从他的脖子上滑落在地，失去了知觉。

两小时后，小图梅知足地躺在彼得森·萨希博的吊床里，枕着彼得森·萨希博的猎服，一杯热牛奶、一点白兰地和少量的奎宁已经下肚了。在他面前坐着三排粗鲁的、满身伤疤的丛林老猎人，像看着幽灵一样看着他。小图梅讲述了他看到的一切，最后说道：“好了，要是你不相信我，就派人去看看吧，他们会发现象群把他们的舞场扩大了。我亲眼见到了，卡拉·纳格带我去的，我看到了，卡拉·纳格走得腿都快折了。”

小图梅又躺了回去，整个长长的下午都在睡觉，一直睡到黄昏时分。他在睡觉的时候，彼得森·萨希博和玛丘阿·阿帕跟着两头大象的足迹穿过小山走了 15 英里。彼得森·萨希博花了 18 年捕象，以前他也只有一次发现了这样一个跳舞的地方。玛丘阿·阿帕无须再次去看那块空地上发生了什么事情，或者用脚指头挖那压紧踩实的土地，明白了发生的一切。

“那孩子说的是实话，”他说，“是昨晚新踩出来的痕迹，过河的时候我已经数过了，有 70 条小路穿过河流。看，珀得米尼脚上的铁链把这棵树上的树皮刮掉了！是的，她来过这里。”

他们互相打量了一番，惊讶万分。因为大象的做法比任何人，不管是黑人还是白人，都要聪明得多。

“45 年了，”马丘阿·阿帕说，“我一直跟我的主人——象王在一起，但是从来没有听说过有哪个人类的孩子见过那个孩子看到的东西。我以所有的山神的名义发誓，这是……我们能怎么说呢?”他摇着头。

等他们回到营地时，已经是晚饭时间了。彼得森·萨希博下令说，营地里要准备两头羊和一些家禽，还要有双倍量的面粉、米和盐，因为他要准备一顿丰盛的晚宴。

大图梅火急火燎地从平原里的营地跑来，找他的儿子和大象。现在他找到了他们，但看着他们却好像很怕他们两个。在燃烧的营火旁，在拴在尖木桩上的大象前，他们正在举行盛大的宴会，小图梅是整个盛宴上的主角。高大的棕色捕象人、追象人、赶象人，以及那些通晓驯服野象秘密的人，把小图梅从大家的手中一个接一个地传递，他们把刚刚杀死的丛林公鸡胸口上流出的鲜血抹在他的额头上，表示他是丛林的人了，并从现在开始可以自由出入所有丛林。

最后火焰熄灭了，木头的红光让大象看上去好像浸在血中一样。玛丘阿·阿帕，所有的科达赶象人的首领，另一个彼得森·萨希博，40 年来都没见过一条踏出来的路：玛丘阿·阿帕，他太了不起了，除了玛丘阿·阿帕，他没有其他名字——他一下子跳了起来，把小图梅高高地举过头顶，喊道：“听着，我的兄弟们。你们也听着，营地里的象王们，因为我，玛丘阿·阿帕要说话了！这个小家伙不再叫小图梅了，而叫大象们的图梅，就像他曾祖父曾被称呼的那样。他在长夜里见到了从来没有人见到过的东西。他得到了象群和丛林诸神的宠爱。他将来会成为一个伟大的追象人。他会比我还了不起，比我，玛丘阿·阿帕更了不起！他将以锐利的眼光追踪新的足迹、陈旧的足迹和混合的足迹！在科达象场，他在大象肚子下奔跑去拴野象，不会受到伤害；如果他在冲锋的公象脚下滑倒了，公象会知道他是谁，不会撞到他。啊哈！我带着锁链的象王们，”——他急速地走到拴大象的木桩前——“这就是见到你们在自己秘密的地方跳舞的小家伙，——这是没有人曾经见过的景象！给他荣耀，我的象王们！敬礼，我的孩子们！向大象的图梅敬礼！冈盖·珀夏德，啊哈！希拉·盖伊，伯奇·盖伊，库塔·盖伊，啊哈！珀得米尼，——你在跳舞的时候见过他了，还有你，卡拉·纳格，大象中的我的宝贝！——啊哈！一起！向大象的图梅致意！”

随着卡拉·纳格最后那一声野性的呼喊，整排大象都把鼻子甩起来，一直到鼻尖碰到额头，然后爆发出了完美的敬礼声——那只有印度总督才能享有的洪亮的、持久的吼叫声。

然而这一切都是为了小图梅，因为他看到了人类从未见到过的景象——加鲁山的中心，大象们自己的晚间舞会。

十二 湿婆和蚱蜢

这是图梅的妈妈唱给孩子听的摇篮曲：

湿婆，带来了收获和微风，
很久以前，一个人，他坐在门口，
跟过往的路人分享他的食物、命运和劳苦，
不管那些人是高贵的君王，还是卑微的乞丐。

所有这些，让他成为湿婆——保护神。
湿婆啊！他为众生安排了一切——
他给骆驼荆棘丛，他给母牛草料，
他给瞌睡的小宝贝一个母亲的怀抱，
哦，我的小宝贝！

他把小麦给了富人，把稻谷给了穷人，
他把残羹剩饭给那些挨家挨户乞讨的人；
他把锋利的爪牙给了老虎，把腐肉带给了鸢鹰，
夜晚，他让无拘无束的恶狼吞食了收废品的行贩。

在他的眼里，没有贵贱，一切都平等——
帕巴蒂看着来来往往的众生，
想要和她的丈夫湿婆开个玩笑——

她悄悄拿起一只小蚱蜢，藏进她的怀抱。

她自以为欺骗了她的丈夫，湿婆，保护神。
神啊！神啊！看看你眼前的一切。
高高的是骆驼，笨重的是母牛，
我胸怀里这只是生物里最小的。
哦，我的小宝贝！

当众生领完它们应得的，她笑着说，
主啊，所有的生物中，可有没喂食的？
湿婆慈爱地望着她：
“每一个都得到自己的一份了，
即使那个躲在你胸口的小家伙。”
她诧异地把蚱蜢从怀里拿出，
帕巴蒂，这个自以为是的小偷，
她看到这个小家伙嘴里嚼着一片嫩叶！
她心生敬畏，双手合十，向湿婆祈祷。

不需怀疑，湿婆为所有生命分配了食物。
这一切让他——湿婆成为尊贵的神。
神啊！神啊！他规定了一切——
骆驼吃荆棘丛，母牛吃草料，
瞌睡的小宝贝躺在一个母亲的怀抱，
哦，我的小宝贝！

十三　女王陛下的仆人

你可以用分数或是简单的比例法算出。

但是特威德尔达姆与特威德尔迪的做法却不同。

你可以拧它，可以转它，可以叠它，直到你不再摆弄它。

但是皮利·威基和威齐·波普用的不是同一个方法。

大雨下了整整一个月，营地里的一切——包括三万个人、几千头骆驼、大象、马匹、公牛和骡子统统被浸泡在雨里。所有的人聚集在一个叫做罗沃·平迪的地方，准备接受印度总督的检阅。印度总督正在接待来自阿富汗的埃米尔的来访——一个来自野蛮国度的野蛮君王。同时埃米尔带来了一支800人马的警卫队，那些人恐怕在这一生中从未见过营地或火车——来自中亚后面的某个地方的野蛮人和野蛮马。每晚总会出些乱子，不是马群挣断腿上的绳索，在黑暗的营地里穿越泥地到处乱窜，就是骆驼挣脱绳索到处乱跑，突然又被帐篷的绳子绊倒。你可以想象这对于打算进入美梦的人们来说是多恼火的一件事。我的帐篷在远离骆驼队的地方，因此觉得自己很幸运。但是没想到，有一天晚上，突然一个脑袋伸进我的帐篷，大喊道："出来，快点！他们来了！我的帐篷已经不见了！"

我知道"他们"指的是谁，所以我套上靴子，披上雨衣急忙跑到烂泥里。我的小狗维克森从帐篷的另一边冲了出去。然后听到一阵喧闹声、咕哝声和汩汩的流水声，我看见支撑帐篷的杆子噼啪作响，终于咔嚓一声折断了，半边帐篷塌陷下去，又被风挑上天空，像幽灵一样疯狂乱舞，原来是一头骆驼跌跌撞撞地冲进了帐篷。尽管我浑身湿淋淋，靴子里灌满了泥水，也很气愤，可我还是忍不住大笑起来。接着，我拔腿就跑，因为我不清楚还有多少头骆驼可能已经挣脱了绳索。我在泥地里奋力开路，营地很快被我远远地抛在了身后。

跑着跑着，我被一门大炮的末端绊倒了，于是我知道我到了夜晚堆放大炮的炮兵营附近了。我不想继续在阴雨绵绵的夜色中跑来跑去，于是把雨衣挂在大炮炮口上，用找来的两三根撞杆支起了雨衣，两三下就搭了一个简易的小屋。我顺着旁边一门炮的炮尾躺了下来，心里寻思着维克森去了哪里，我又可能在哪里。

当我恍恍惚惚快要睡着的时候，我听到了马具的叮当声和一声沉重的喘息声，一头骡子耷拉着他的湿耳朵从我旁边经过。他是螺旋式炮兵连的，因为我能从他鞍垫上的皮带、圈子、链子和其他东西发出的吵闹声中推断出。螺旋式炮是一种小型的大炮，由两部分组成，用的时候，把两部分拧在一起。它们被运到山上，运到骡子能找到路的地方。在一个多山的国家打仗，这种小炮是能派上大用场的。

骡子旁边是一头骆驼，他那大而柔软的脚吱吱嘎嘎地陷进泥里，他的脖子像一只迷路的母鸡来回晃动。幸好，幸好，我从当地人那里学会了野生动物的语言——当然，不是野兽的语言，而是营地里动物的语言，所以我知道他们在说什么。

他一定就是那头晕头晕脑闯进我帐篷里的骆驼，因为他对骡子说："我该怎么做呢？我该往哪里去？我和一个晃动的白东西打了一仗，它蒙住我的眼睛让我看不清，拿棍子狠狠打我的脖子（其实那是我断了的帐篷杆子，知道这个我非常高兴。）我们该继续跑吗？"

"哦，是你啊，"骡子说，"大闹营地的是你和你的朋友们吗？等着吧，你们早上就要为这事挨打了。但是，现在我可以给你们点管用的东西。"

我听到一阵马具的叮当声。骡子后退了几步，然后抬起前蹄朝骆驼的肋骨处咚咚踢了两脚，骆驼痛得仰天直叫。"下次，"他说，"你就不会晚上在骡子炮兵连乱窜，还喊着'小偷啊，着火啦'。坐下，别晃动你的傻脖子了。"

骆驼伤心地坐下来，小声啜泣起来。黑暗中响起有规律的脚步声，接着，一匹高大的军马迈着稳健的步伐跑过来，好似在接受检阅。他轻轻一跳就越过了一个粗粗的木桩，在骡子身边停下了。

“真丢人，”他说，鼻孔里喘着粗气，“这些骆驼又发疯似的穿过我们的营地，把一切搞得鸡犬不宁——这周已经是第三次了。如果不让马睡觉，马怎么会有精神呢？谁在那里？”

“我是第一螺旋式炮兵连第二门炮炮尾的骡子，”骡子说，“另外一个是你的朋友。他也把我给吵醒了。你是谁？”

“第九长矛轻骑团，E 骑兵连，十五号——迪克·坎利弗的坐骑。过去点，往那边让让。”

“哦，请原谅，”骡子说，“太黑了看不太清楚。这些骆驼真是太让人讨厌了！我从军营里来到这就是为了图个清静。”

“我的老爷们，”骆驼委屈地说，“我们在晚上惊慌失措地奔跑是因为我们做了可怕的噩梦。我只是第三十九步兵团的一只驮行李的骆驼，我可没有你们这么勇敢，别全怪我们，我的老爷们。”

“那么你为什么不乖乖待在三十九步兵团里驮行李，在军营里到处乱跑干什么呢？”骡子问。

“那是因为我那可怕的噩梦，”骆驼说，“真对不起，我被吓坏了。听！那是什么声音？是危险来临了吗？我们还要往前跑吗？”

“坐下！”骡子说，“否则你会在大炮间把你棍子一样的长腿折断的。”他竖起一只耳朵仔细听着。“公牛！”他说，“是大炮公牛的声音。以我的名誉担保，你和你的朋友把整个营地都吵醒了。你们到底做了什么惊天动地的举动啊，竟然惊扰到一头大炮公牛！”

我听到链子拖地的声音，一对愤怒的大公牛拖着重重的攻城加农炮，肩并肩地走过来，因为当时大象不愿意接近开火的大炮，所以这苦差事就由公牛来做了。另外一头炮兵连骡子差点踩在链子上，他拼命地喊着“比利”。

“那是我们的一个新兵，”老骡子对军马说，“他在叫我。我在这儿，年轻人，别喊了。黑夜不会伤到任何人。”

两头大炮公牛安静地躺了下来，开始细细咀嚼反刍的食物。那头年轻的骡子挤到比利身边。

“那些东西！”他说，“太可怕了！太恐怖了！比利，我们睡觉的时候他们闯进我们的营地里，你说他们会不会杀了我们？”

“我真想狠狠地踢你一脚，”比利说，“作为一头训练有素的、十四手宽的骡子居然有这样的念头，真给我们炮兵连丢脸。”说着比利就要站起身踢他。

“别冲动，别冲动！”军马赶紧说，“别忘了我们当新兵的时候也是这样的。我记得自己第一次见到人的时候（那是我三岁在澳大利亚的时候），吓得奔跑了半天，即使当时我看到的是一头骆驼，也会跑个不停的。”

英国骑兵团的几乎所有的马匹都是从澳大利亚带到印度的，然后由骑兵们自己训练。

“的确如此，”比利说，“别颤抖了，年轻人。他们第一次把带锁链的整套马具放在我背上的时候，我用前脚站了起来，把它全踢干净了。那时我还没真正学会踢人，但是炮兵连的人说他们从没见过这样倔的家伙。”

“发出声响的不是行头或其他什么东西，”年轻的骡子说，“我已经习惯这些东西了，比利。让我害怕的是像树一样的东西，他们在营地里一起一伏地发出噗噗的声音，我头上的绳子在混乱中被扯断了，我的主人也不知去向了，你也不见了，比利，所以我就惊慌地跑了——和这些绅士们一起跑了。”

“哼！”比利说，“我一听说骆驼跑了，自己也跟着跑了。当一个炮兵连——一个螺旋式炮的骡子称大炮公牛为绅士，他一定是吓坏了。那两个躺在地上的家伙是谁啊？”

那两头公牛一边慢悠悠地反刍着，一边回答道：“大炮连第一门炮的第七对公牛。骆驼来的时候，我们正在睡觉，后来我们被踩了一脚，于是就起来走开了。安静地躺在泥地里也比在舒服的褥草上睡觉被打扰要好得多。我们对你们这里的朋友说，没什么可害怕的，但他知道得太多了，想的就是和我们不一样。哇！”

他们继续咀嚼着。

“这才是让人担心的，”比利说，“你被大炮公牛嘲笑了。我希望你喜欢这样，小伙子。”

年轻骡子的牙齿忽然咯咯作响，我听到他说了些不害怕世界上任何一头公牛之类的话。但是那对公牛只是碰了碰牛角，继续咀嚼着。

“好了，害怕过了就别生气了。那样是最差劲的胆小鬼，”军马说，“我想，任何人因为晚上看到了他们不理解的东西而感到害怕，都是可以谅解的。我们450匹马曾经一次次地挣脱拴着我们的木桩，就是因为一个新来的家伙讲了好多关于澳大利亚家里的鞭蛇的故事，听得我们连看到头上松开的绳索，都以为是见到了鞭蛇，简直吓得要死。”

“营地里都还挺不错的，”比利说，“我也会在营地里乱跑，不过只是因为好玩，尤其当我一两天没有出去的时候。但是在服役的时候怎么办呢？你都要干些什么？”

“哦，服役完全是另外一种情形，”军马说，“那时迪克·坎利弗正在我背上，用膝盖夹紧我。我所能做的，就是注意把脚放在什么地方，把后腿在身下放好，然后听从缰绳的指挥。”

“为什么要听从缰绳的指挥呢？”年轻的骡子问。

“以腹地的蓝桉起誓，”军马哼着鼻子说，“你的意思是说，你竟然没学过听从缰绳的指挥？难道你没有接受过职责训练吗？除非缰绳在你脖子上拉紧的时候你能立刻转过身，否则你能做什么事情呢？这关系到你和你的骑手的生死。当你感觉到脖子上的缰绳向上拉动的时候，你就用身下的后腿一转，把身子转过来。如果没有足够的空间转过来，就用后腿稍稍直立转过身，这就是听从缰绳的指挥。”

“他们不是那样教我们的，”骡子比利表情僵硬地说，“他们教我们要服从前面的人的命令：他说前进，就前进；他说后退，就后退。我想这是一回事。那么，这种难度高超的本事和直立，对你的跗关节一定很不好，你怎么做呢?”

“那要看情况,”军马说,“通常,我得走到一群大喊大叫拿着军刀的粗鲁的人中间——他们的长刀锋利无比,闪着阴森的光芒。而且我还得注意迪克·坎利弗的靴子,保证它们只是轻轻地挨着旁边一个人的靴子,而不会踩到它。我看到迪克的剑静静地放在我右眼的右边,就知道我是安全的。”

“那些刀不会伤人吗?”年轻的骡子问。

“嗯。有一次我的胸口被刀砍出了一道口子,但是那并不是迪克的错……”

“我被砍伤的话,我会弄明白到底是谁的错!”年轻的骡子说。

“你一定要这样,”军马说,“如果你不信任你的骑士,那么你还是立刻跑掉的好。我们当中有些马匹就是丢下自己的骑士独自跑掉的,但我对他们表示理解。就像我一直说的那样,那不是迪克的错。那个人躺在地上,我尽力跃高一点不去踩他,可他却拿刀向我砍来。第二次,我要不得不越过一个躺在地上的人时,我就踩上去了——狠狠地踩了他一脚。”

“哼!”比利说,“听上去真愚蠢。任何时候刀都是无耻的东西。恰当的做法是远离它!你应该驮着平衡的马鞍爬上山,靠你的四只脚还有耳朵,缓慢地、徐徐地蜿蜒前进,直到你爬上了比任何人都高出几百英尺的岩层,那里刚好有足够的空间放得下你的蹄子。然后你在那里静静地站着——永远别让人来拉你的头,年轻人——当大炮被组装起来的时候,要保持安静,然后看着小小的炮弹掉到下面远远的树顶中间。”

“你以前没摔倒过吗?”军马问。

“那可是难得一见的情况”,比利说,“虽然有时会有骡子因为驮载的马鞍没捆好而心烦意乱,但是摔倒的情况是非常少的。我希望我可以向你展示一下我们爬山时的优美身姿,但是我花了三年时间才明白:永远不要在地平线上显露你优美的身姿!因为,如果你这样做了,可能会挨枪子的。记住这点,年轻人,尽可能地隐藏自己,躲得远远的,即使你得偏离自己的路线一英里远。”

“还没机会冲到开火的人群中，就被子弹打中了!”军马一边说，一边深思着，“我可无法容忍这个，我宁愿和迪克一起在战场上冲锋。”

“哦，不，别这样想。要知道，只要大炮一就位，他们就会按命令行事，动作娴熟，干净利落。但是刀——呸!”

骆驼一直上下地摆动他的脑袋，想插上一句话。接着，我听到他清了清喉咙，紧张地说：“我……我……我打过几次仗，但既不是靠爬山也不是靠奔跑。”

“是啊，既然你提到了，我就直说了，”比利瞟了他一眼说，“你看上去不像天生就能爬能跑的啊！那么，你是怎么打仗的呢，老家伙?”

“以我们特有的方式，”骆驼说，“我们都趴下来……”

“哦，我的天哪!”军马轻声说道，“趴下!”

“对！我们就都趴下——100头，”骆驼继续说，“趴在一个大的操练场上，人们把我们驮的包裹和马鞍堆放起来。在操练场外面，他们隔着我们的背朝外开枪，人们就是这样做的，朝操练场的各个方向开枪，我们要做的就是安安静静地趴着。”

“什么样的人？是和你们一道来的人吗?”军马说，“在骑术学校接受训练的时候，他们让我们趴下来，让我们的主人从我们的背上开枪，但是我只让我的主人这样做，尽管我讨厌站在那里一动不动的感觉，头朝着地面，眼睛除了光秃秃的土地什么也看不到。”

“谁在你背上开枪有什么关系呢?”骆驼说，“旁边有好多人和好多其他骆驼，而且硝烟弥漫。当时我并不害怕，只是趴着一动不动，任凭他们打枪，等待着可以站起来的命令。”

“但是，”比利说，“你晚上做噩梦，还扰得整个军营不得安宁。好啦，好啦！在我躺下来之前，别再说趴下了，让人隔着我开枪？这难以想象！谁要这样我就要用后脚狠狠踢他的脑瓜啦。你有没有听到过这么可怕的事情?”比利问旁边一直没说话的公牛。

长长的沉默之后，大炮公牛抬起他的大脑袋，说道：“这确实非常愚蠢。在我看来，战斗只有一种方式。”

“哦，继续说，”比利说，“请别在意我。我想你们两个是站在一起打仗的吧？”

“只有一种方式，”他们两个异口同声道（他们一定是双胞胎），“就是这样的。‘双尾巴’一吼叫，我们20对公牛就赶到大炮旁。”（“双尾巴”是营地对大象的称呼。）

“‘双尾巴’为什么要吼叫呢？”年轻的骡子问。

“表明他不愿再向对方的烟雾靠近了。‘双尾巴’是个大大的懦夫。然后，我们会一起用力拖大炮，不像猫那样爬，也不像小鹿那样跑。我们20对公牛穿过平原，异常镇定地向前走，直到再次卸下挽具。然后我们就可以蹲下来吃草了，而大炮则穿越平原飞到围着泥墙的某个城镇，泥墙一块块掉落下来，尘土飞扬，好像许多牛正在往家跑。”

“哦！你们竟然在那样混乱的时间吃草？”年轻的骡子问。

“混乱的时候，或者其他任何时候。吃总是美好的。在不打仗的时候我们就一直吃啊吃，直到再次被套上挽具，然后把大炮拖回‘双尾巴’等着的地方。有时候，城里的大炮有回应，我们中有些就不幸被打死了。这虽然挺让人伤心的，不过其他同伴就有更多的草吃了，那就是命运。但不管怎么说，‘双尾巴’还是个大大的懦夫，这就是我们特有的打仗方式。我们是来自哈珀的两兄弟，我们的父亲是一头湿婆神牛，这我们已经说过了。”

“好吧，我今晚学到了一些东西，”军马说，“当大炮在朝你们开炮，‘双尾巴’在你们身后，山炮队的绅士们，你们还会想吃草吗？”

“想吃，就像我们想躺下来，让人们横七竖八地躺在我们身上，或者冲进拿着刀子的人群。”公牛答道。

但是骡子却生气地表达了异议：“我从来没听过这样荒唐的话！你问的这种情况和问我们会不会想趴下来让人靠着，或是我们冲向拿着刀的人群，答案是一样的——没门！”比利说着跺了一下脚，“我们是骡子。一块岩层、一个放稳的担子、一个可以让你自由选择道路的可以信赖的马夫，这就是我们要的。其他的事情与我们无关。”

“当然，这我可以理解，”军马说，“并不是每个人都是按照同一种方式造出来的，我能清楚地了解，你父亲这边的家庭就无法理解许多东西。”

“别瞧不起我父亲这边的亲戚，”比利火冒三丈地说，每头骡子都讨厌别人提醒他他父亲是头驴。“我父亲是南方的一名绅士，他能把碰到的每匹马都拉倒在地，又咬又踢地把他扯成碎片。记住了，你这个棕色大布鲁比！”

布鲁比的意思是没有经过驯养的野马。想象一下如果一匹拉车的马管苏诺尔叫“不中用的老马”，他会是什么样的感觉，你就可以想象得出这匹澳大利亚马此刻的感觉了。我看到他的眼睛在黑暗中喷着怒火。

“喂，你这个进口的马拉加公驴的儿子，”他龇着牙打了一个响鼻，“我要让你知道，在母亲这边，我和墨尔本杯的获奖者卡宾有血缘关系。在我的家乡，我们可不习惯和儿童气枪、射豆枪炮兵连的那些说话粗鲁、笨头笨脑的骡子说话！你这个猪脑袋，想打架吗？”

“站起来！”比利尖叫道。他们两个都用后脚站了起来，双方互相对视着。我想一场激烈的打斗就要开始了，正打算看热闹的时候，在黑暗中从右侧传来了一个低沉的声音：“孩子们，你们在吵什么呢？安静。”

两个野兽从鼻子里发出的怒吼声变成了哼哼声，他们低头趴下了，原来来了一只大象。马和骡子听到大象的声音都受不了。

“是‘双尾巴’！”军马说，“我真受不了他。两头都有尾巴的丑陋的家伙！”

“我有同感，”比利说着挤到军马旁边，“我们在某些方面还是非常相似的。”

“我想我们都是从我们的母亲那里遗传来的，”军马说，“嘿！‘双尾巴’，你被拴牢了吗？”

“是的，”“双尾巴”回答道，一边笑着仰起鼻子，“晚上我会被锁起来，我听到你们说的话了，但是别怕，我不会走过来的。”

公牛和骆驼低声说，“怕‘双尾巴’——什么胡话！”公牛继续说，

“我们很抱歉，你听到了，但是这是事实。‘双尾巴’，为什么他们开火的时候你会怕大炮啊?”

“嗯，”‘双尾巴’说，一边用一条后腿蹭另一条后腿，就像一个小男孩在念诗，“我不十分了解你们是否能懂。”

“我们不懂，但是我们得拉大炮。”公牛说。

“我知道，而且我知道你们比自己认为的还要勇敢得多。但是我就不一样了。我炮兵连的连长有一天称我为厚皮肤的、不合时代的家伙。”

“我想，那是另外一种战斗的方式吧?”比利说，他又恢复了精神。

“你当然不知道那是什么意思，但是我知道。它的意思是介于马和驴之间，那就是我的处境。我能够在脑袋里看见当一个炮弹爆炸的时候，会发生什么事情，而你们公牛就不能。”

“我能，”军马说，“至少能看到一点点。只是我努力地不去想它罢了。”

“我能看到的比你多多了，而我总去想它。我知道得好好照顾自己，一旦我生病了，没有人知道该怎么医治我。他们所能做的就是停止给我的驱赶者发佣金，直到我好了。我不能信任我的驱赶者。”

“啊!”军马说，“这就能解释一切了。我能信任迪克。”

“就算你把一大群迪克放在我背上，也不能让我觉得好过点。我知道不舒服的滋味，但我不知道没有它该怎么继续生活下去。”

“我们不明白。”公牛显然被他的话弄糊涂了。

“我知道你们不懂。我也不和你们说了，你们不知道血是什么。”

“我们知道的，”公牛说，“它是红色的东西，会渗入到地里，还有臭味。”

想到那股令人不舒服的味道，军马踢了一下，跳了一下，还喷了下鼻子，似乎是想摆脱什么。

“别谈论这个了，”他说，“现在我都能闻到它的气味。它让我想跑——当迪克不在我背上的时候。”

“但是这里没有血啊，”骆驼和公牛说，“你为什么这么蠢啊?”

“血是可怕的东西，”比利说，“我虽然不想跑，但是我也不想谈论那个东西。”

“你们在那里啊！……”“双尾巴”摇着尾巴说道。

“当然了。我们整个晚上都在这儿。”公牛说道。

“双尾巴”跺着脚，他身上的铁环叮当响个不停：“哦，我不和你们这帮家伙说了。你们怎么能理解我呢，你们看不见脑袋里的东西。”

“不，谁说我们看不见？我们用四只眼睛看，”公牛说，“在我们眼前的东西都一览无余。”

“如果只要做这些，而别的什么都不会，就根本不需要你们去拉那些大炮了。如果我能像我的连长那样——他能在开火前在脑袋里看到东西，然后会被看到的东西吓得全身发抖，但如果他知道得太多就跑不了了——如果我和他一样，我就能拉炮了。可是话说回来，如果我有那么聪明的话，就不用待在这个糟糕的地方了。我就该是森林之王了，就像我过去的生活一样，在泥堆里睡上半天觉，想去河里洗澡就洗澡。我都已经一个月没好好洗澡了。”

军马说：“我想我懂‘双尾巴’的想法了。”

“过会儿你会更加理解的，”“双尾巴”愤怒地说，“现在你就跟我解释一下你为什么不喜欢这样。”

他开始以最高的嗓门怒吼起来。

“天啊，快闭上你那张嘴巴！”比利和军马一起喊道，我能听到他们跺脚和发抖的声音，在漆黑的夜里，大象的吼声是非常让人心烦意乱的。

“我不会闭嘴的，”“双尾巴”说，“你需要给我一个解释。呼啦噗！”可是吼声没持续多久就突然停了下来，我听到黑暗中有轻微的啜泣声，我知道维克森来找我了。维克森是我养的那只狗，她和我一样清楚地知道，如果说世界上有什么东西最让大象害怕的，那就是一条汪汪叫的小狗。所以她看见了“双尾巴”就停下来吓唬他，绕着他的大脚狂叫着。“双尾巴”不安地四处躲闪着，被她吓得尖声叫喊。“走开，小狗！”他说，“不然我就踢你啦。好小狗，可爱的小狗！快回去吧，你这狂吠的小家伙！

哦，为什么没人把她带走呢？她真的马上就要咬到我了。”

“在我看来，”比利笑着对军马说，“好像我们的朋友‘双尾巴’怕很多东西啊。要是我每次在阅兵场上踢了一条狗都会换来一顿好吃的，我都该和‘双尾巴’一样肥了。”

我吹了下口哨，维克森立刻扭身跑到了我面前，浑身都沾满了泥。她舔着我的鼻子，告诉我她在营地里到处找我的漫长经历。我从没让她知道我能听懂动物的语言，否则的话她就会对我放肆随便了。于是，我弯腰把她抱到胸口，扣在大衣里。“双尾巴”仍然不停地跺着脚，低声吼叫着。

“不可思议！太不可思议了！”他说，“它是我们家族世代相传的。咦，那个脏兮兮的小东西跑到哪里去了？”

我听到他用他的象鼻子到处嗅来嗅去。

“我们似乎害怕各种各样的东西，”他继续说道，鼻子里吹着气，“就像我害怕一些东西一样，我相信，当我吼叫的时候，你们这些绅士想必也受了惊吓。”

“没吓到，真的，”军马抬了抬他那高傲的头，“但是它让我觉得，本来该放马鞍的地方，好像有许多大黄蜂。天啊，求你别再吼了。”

“我怕小狗，而这儿的骆驼晚上怕做噩梦。”

“我们很幸运，我们不需要用同样的方式打仗。”军马说。

“我想知道的是，”已经沉默了半天的年轻的骡子说，“我们到底为什么要打仗呢？”

“那还用问？因为人们命令我们去打仗呗。”军马不屑地哼着说。

“命令！”骡子比利说，他的嘴唇咔嚓一下合上了，牙齿在里面磨得咯咯响。

“呼哨—嘿！”（这是命令），骆驼咯咯地说。“双尾巴”和公牛重复了一遍：“呼哨—嘿！”

“可是谁发的命令呢？”刚入伍的骡子接着问。

“走在你前面的那个人。”“或者是骑在你背上的那个人。”“或者是牵着绳索的那个人。”“或者是捻着你的尾巴的那个人。”比利、军马、骆驼和公牛一个接一个地说。

“但是又是谁给他们发的命令呢？”

“你想知道的事情实在太多了，年轻人，”比利说，“这是找揍的一个方法。你所要做的就是服从你头上的那个人的命令，其他的都别问。”

“他说得对，”“双尾巴”说，“我不能像骡子和马一样时刻遵守命令，因为我总是会害怕。但是比利是对的，听从你身边的人发出的命令，否则你会让整个炮兵连停顿下来，而且会被痛打一顿的。”

两头公牛站起来准备离开，“天就快亮了，”他们说，“我们也该回队伍中去了。的确，我们只会用四只眼睛看东西，我们不是非常聪明。尽管如此，我们是今晚唯一不感到害怕的人。晚安了，勇敢的人们。”

没有人回答他们，为了转移话题，军马开口了：“刚才那条小狗跑哪去了？有狗就意味着附近有人。”

“我在这儿，”维克森在我怀里叫道，“和我的主人在炮尾下面。你这个冒冒失失的愚蠢的骆驼，晚上瞎跑乱撞扰乱了整个军营。我的主人非常生气。”

“呦！”公牛说，“他一定是个白人！”

“当然是了，”维克森自豪地叫着，“你认为我是由黑皮肤的赶牛人养大的吗？”

“啊呀！”公牛说，“我们快点走吧。”

他们在泥地里用力往前冲，设法拉动陷在泥地里的弹药车的牛轭。

“现在好啦，”比利平静地说，“别费力气了。看来你们要一直耗在这里了。到底怎么回事？”

公牛用印度牛的方式长长地呼了一口气。然后，他们推着、挤着、跺着脚、打着滑，几乎摔倒在稀泥里，嘴里还生气地咕哝着。但是弹药车陷在泥坑里，几乎一动不动。

“你们再使劲就要把脖子折断啦。”军马说，“白人怎么了？我就和他们住在一起。”

“他们——吃——牛肉！拉呀！”近处的公牛说。牛轭突然砰的一声折断了，他们一起踉踉跄跄地站住了。

我以前从来不知道是什么让印度牛这么害怕英国人。原来是这样——我们吃牛肉。而一个赶牛人是不会碰牛肉这样的东西，当然牛也不会喜欢。

“我要挨自己的脚链的鞭打了！谁会想到这么两个傻大个会掉脑袋呢?”比利说。

“别在意，我要去看看这个人。据我所知，大部分的白人口袋里都装着吃的东西。”军马说。

“那么我要走了，我可不太喜欢他们，而且，那些没地方睡觉的白人可能会偷东西，我的背上驮了许多政府的财产呢。来吧，年轻人，我们该回队伍里去了。晚安，澳大利亚！明天检阅的时候见了！晚安，老骆驼！控制一下自己的情绪，别那么一惊一乍的，好吗?晚安，‘双尾巴’！如果明天操练场上你从我们身边经过，记得别吼叫，那样会扰乱我们的队形的。”

骡子比利摆出老兵的姿态大摇大摆、一瘸一拐地走了。军马把脑袋伸到我的怀里，嗅着我口袋里的东西，我给了他一些饼干，而维克森，这条自吹自擂的小狗，对他撒了点小谎，说我和她养了几十匹马。

“我明天要坐着我的狗拖车去参加检阅，”她说，“你会在哪里呢?”

“第二骑兵队的左侧。我控制我的队伍的行进速度，小姐，”那匹马十分绅士地回答，“现在我得回到迪克那儿去了。我的尾巴上都是泥，他要花上整整两个小时为我打扮，准备参加检阅。”

那天下午，举行了三万人的大检阅，维克森和我在靠近印度总督和阿富汗的埃米尔的地方。埃米尔头上戴着高高大大的黑色俄国羔羊毛帽子，中间有一个大大的钻石星星。检阅的第一部分是在灿烂的阳光下举行的，步兵团整齐地抬着脚走过，像一道道波浪，他们手里的枪也整齐划一，看得我们头晕目眩。然后骑兵走上前来，随着优美的“邦尼·邓迪”，慢跑经过。维克森在狗拖车上竖起了她的耳朵。拿着长矛的第二骑兵队迅速通过了，接着是军马，他的尾巴就像纺过的丝绸一样，头被拉到胸前，一只耳朵在前，一只耳朵在后，为他的队伍控制速度，腿走起来像华尔兹那样平稳。接着过来的是大炮，我看到“双尾巴”和其他两头象排成一排，拉着发射40磅重的炮弹的攻城加农炮缓慢地行进，后面跟着20对同轭牛。第七对公牛的鞍具是新的，他们看上去相当僵硬、疲惫。最后过来的是螺旋式炮，骡子比利摆出一副高傲的姿态，似乎他才是指挥着整个军队的将领，他的挽具刚刚上过油，还抛了光，在阳光底下显得油光闪闪。我为骡子比利欢呼起来，但是他并没有左顾右盼。

好天气没有持续很久，不一会儿就开始下雨了，雾气很快就笼罩住了整个操场，模糊了视线，让人看不清楚军队在做什么了。他们在平原上围成半个大圈圈，然后又慢慢展开成一条直线。那条线越来越长，从一翼到另一翼足足有四分之三英里长——一道由人、马和大炮组成的坚固的城墙。接着，它笔直地朝总督和埃米尔走去。随着他们越走越近，踏步的声音也越来越响，大地似乎开始摇晃起来，感觉就像站在发动机转得太快的轮船的甲板上。

除非你身临其境，否则你很难想象军队这样稳步地逼近对于观看者来说，有着怎样的震撼效果，即使他们知道这只不过是场检阅。我看着埃米尔，在这之前，他脸上一直都没有显露出任何一丝惊讶的表情。但现在，他的眼睛开始越瞪越大，他抓紧了坐骑上的缰绳，看着他身后，好像怕被震下马似的。过了一会儿，他好像慌张得要拔出剑来，从身后英国男女乘坐的马车群中杀出一条路。这时，前进的队伍戛然停止了，整个大地恢复了平静，整个军队一起行礼，30支乐队开始齐声奏乐。检阅到此结束了，士兵们冒雨返回他们的营地。一个步兵团乐队开始表演——动物们成双成对地进去了，万岁！

大象和炮兵连的骡子，他们全部进去了，进了方舟，为了躲避那场雨！接着，我听到一位跟着埃米尔来的、长着灰白色长发的老中亚头领在问军官一个问题。“那么，”他说，“这么了不起的事情是怎么办成功的呢？”

军官回答说：“发出一个命令，他们就执行了。”

“但是动物怎么能和人一样聪明呢?”头领半信半疑地问。

“他们和人一样服从命令。骡子、马、大象和公牛都服从他的骑士的命令，骑士服从中士，中士服从中尉，中尉服从少校，少校服从上校，上校服从统率三个团的旅长，旅长服从将军，将军服从总督，总督是女王忠实的仆人。就这么简单。”

“要是阿富汗能这样就好了!”头领叹息说，“因为我们那里的人们只愿服从自己的意愿。”

“就是因为这样，”军官摸了摸他的胡子说，“你们不服从的埃米尔必须到这里来，服从我们总督的命令。”

十四 营地动物进行曲

大炮组的大象们：把我们头脑中的智慧借给亚历山大，

把我们灵巧的膝盖借给大力神赫拉克勒斯，

我们低下脖子服役：大炮永远不会被松开——

让路——让路给10英尺长的队伍，

我们是拉着40磅重的炮弹的队列！大炮公牛：带着挽具的英雄灵巧地避开了一个炮弹，

对炸药的了解让他们个个心惊胆战，

我们拖起大炮，开始行进了——

让路——让路给二十对同轭牛，

我们是拉着四十磅重的炮弹的队列！骑兵队的马：世上最美妙动听的旋律，

是来自骑马、轻骑兵和重骑兵的演奏，

以我肩上深深的黑色烙印起誓！

对我来说，这比“马厩”和“水”更令人激动——

骑兵漫步曲“邦尼·邓迪”！

耐心喂养我们，认真训练我们，为我们仔细梳洗，

给我们配备勇猛的骑士

和干燥舒适的住所，

然后让我们投入到骑兵队的纵队里去，

你们会看到精神抖擞的战马——伴随着“邦尼·邓迪”的曲子！螺

旋式大炮的骡子们：我和同伴沿着山坡一路向上爬，
起伏的山石将道路隐藏，
我们一步一步前进，锲而不舍！

攀爬是我们骡子的老本行，
所以这里到处可以见到我的同伴们，
哦，登上山顶我们欣喜若狂，因为可以在那里稍停片刻！

那么，祝福每一个让我们来选择道路的中士，
愿所有不能负重的驾驭人都倒霉，
攀爬是我们骡子的老本行，
所以这里到处可以见到我的同伴们，
哦，登上山顶我们欣喜若狂，因为可以在那里稍停片刻！给养的骆驼们：我们没有自己的赞歌，
一路鼓舞我们这些胆小的人，
但是我们有自己的乐器——每个脖子都是一管长号，
(哩嗒—嗒—嗒—嗒！是一管长号！)
我们在行进中高唱：
不能！不行！不该！不要！
沿着队伍把这个传过去！
有人的包裹从背上滑落了，
希望它是我的！
有人的行囊翻倒在路上——
这片刻的停顿喘息让人快活，
呦！耶！咯！啊！
有人已经领会了！所有的动物一起：我们是营地里的英雄，
用不同的方式默默奉献。
牛轭和刺棒下的孩子啊，

包裹和马鞍，脚爪和负重。
看我们的部队在草原中穿行，
就像绑脚的绳索再次弯曲，
蜿蜒前进，一直行进到远方，
清除一切障碍，勇敢直前，奔赴战场！
沿途经过的人们，
风尘仆仆，昏昏欲睡，气氛沉闷，
他们不理解为什么我们或者他们，
每天都要前进，遭受苦难。
我们是营地中的英雄，
用不同的方式默默奉献。
牛轭和刺棒下的孩子啊，
包裹和马鞍，脚爪和负重！